O PRÍNCIPE

E OUTRAS FÁBULAS MODERNAS

S

O príncipe estava
longe de seu país,
viajando pelos sete mares,
para uma terra onde
rei nenhum imperava.
Esta é a história de tempos
que não têm começo nem fim.

O PRÍNCIPE

E OUTRAS FÁBULAS MODERNAS

RABINDRANATH TAGORE

Seleção e apresentação:
Antonio Daniel Abreu

Tradução:
Vilma Maria da Silva

MARTIN CLARET

SUMÁRIO

Pensamentos aleatórios

Céu e Terra

APRESENTAÇÃO

ANTONIO DANIEL ABREU[1]

Rabindranath Tagore (1861-1941) foi além de poeta, filósofo e educador. Como poeta, ganhou o Prêmio Nobel de Literatura, em 1913. Como contador de histórias que foi, seus contos nos remetem à Índia espiritual, onde as fadas e os seres mágicos, ocupam um lugar central, num país que, para nós, ocidentais, é um "mistério".

Em "Tagore e o Brasil" obra de 1961, Cecília Meireles escreve: "Recordamos ainda, no que nos toca, outra experiência importante relacionada com Tagore educador, pelo fato de termos exercido sempre, paralelamente, atividades literárias e educacionais". E num outro livro, antológico, publicado em 1980, em edição póstuma,

[1] Antonio Daniel Abreu é editor desde 1970. Publicou, como organizador, contos populares chineses, mitologia chinesa; e como editor organizou e publicou contos e antologias de literatura de expressão oral de vários países; Angola, Portugal, China, Alemanha, Noruega, Inglaterra e tantos mais.

Cecília escreve: "R. Tagore, homem extraordinário, que se fez educador por amar as crianças, anotou suas amarguras de pequeno colegial. Falou-nos de seu mundo encantado, de sua vida poética ainda incomunicável — em contraste com os métodos e as finalidades do ensino, no seu tempo. Isso foi há um século, e, por incrível que pareça, continua a ser mais ou menos como era, até agora".

Kalidasa, poeta e dramaturgo que viveu durante a dinastia Raghu, ocupa, na literatura indiana, a mesma importância que Shakespeare ocupa na literatura britânica, escreveu um épico, cujo título é *Raghuvamsha*. Esse texto, segundo os estudiosos, marca o surgimento da literatura indiana escrita em sânscrito clássico que, por sua vez, é um ramo linguístico do hindu. O segundo maior grupo étnico é o bengali, do qual faz parte Rabindranath Tagore, primeiro indiano a receber o prêmio Nobel da literatura, em 1913.

O povo e as artes tribais da Índia são muito simples e refletem essa imensa diversidade étnica, que resultaram nessa grande riqueza cultural, que é a Índia; heróis populares indianos, escritos em sânscrito, épicos e também histórias do movimento de libertação, são os temas preferidos da população indiana. As castas, sistema que os diversos governos procuram combater, ainda ocupam muita importância na cultura indiana. Por se tratar de um assunto de extrema delicadeza, visto que o sistema de castas faz parte da cultura indiana, os diversos governos tratam-no com bastante reserva.

Com uma população que supera um bilhão de habitantes, a Índia é o segundo país mais populoso do mundo, só está atrás da China, que continua ocupando o primeiro lugar em termos populacionais.

Neste conjunto de contos, que a Editora Martin Claret apresenta aos leitores brasileiros, a temática é dividida em quatro subseções: Histórias de Reis e Rainhas; Histórias de Homens e Mulheres; Pensamentos Aleatórios e, a finalizar, Céu e Terra. Dentro de cada um desses, digamos temas, Tagore, um visionário, com sua linguagem poética, convida-nos a fazer algumas incursões pelo imaginário do povo indiano e, como resultado dessa delicada escrita, que em alguns dos contos, dada a sua "poesia" temos a sensação de estar lendo um longo poema em prosa. De Rabindranath Tagore, a Martin Claret publicou a sua obra principal, que lhe rendeu, como já dissemos, o prêmio Nobel de Literatura: *Gitanjali*.

Ao leitor temos, pois, o grato prazer de apresentar-lhe este: *O príncipe e outras fábulas modernas*, convidando-o, deste modo, a conhecer esse país fabuloso, que é a Índia e também um pouco de sua longa história.

O PRÍNCIPE

E OUTRAS FÁBULAS MODERNAS

HISTÓRIAS DE REIS E RAINHAS

HISTÓRIAS

Logo que a criança aprendeu a falar, disse:

— Conte-me uma história.

A vovó começou:

— Era uma vez um rei, uma rainha e um príncipe...

O professor na aula levantou a voz:

— Três vezes quatro é igual a doze!

Mas, então, o gigante egoísta gritou ainda mais alto:

— Quem ousou invadir meu jardim?

O rugido da tabuada do três do professor passou rente aos ouvidos da criança.

Seu mentor a trancou em uma sala e explicou solenemente:

— Três vezes quatro é igual a doze: isso é um fato. E o rei, a rainha e o príncipe: isso são fábulas; por isso...

Mas, mesmo enquanto ele falava, a mente da criança voou através dos sete mares que também não aparecem nos mapas; o três vezes quatro tentou voar junto com ele, mas o livro de aritmética pesava demais para levantar voo.

O mentor irritadiço pensou que fosse apenas uma travessura e que algumas chibatadas poderiam corrigir o mau comportamento da criança.

Vovó conteve seus comentários quando viu o modo de agir do professor. Mas um problema nunca vem sozinho. Mal o primeiro se vai, outro já se apresenta. A contadora de histórias se aproximou e assumiu seu velho posto. Começou a contar a história de um príncipe exilado.

No trecho em que foi cortado o nariz do demônio malvado, o professor disse:

— A História não comprova isso; o que consta em toda parte é que três vezes quatro é igual a doze.

Enquanto isso, Hanuman, o macaco celestial, saltou para o céu; a história não podia andar com o mesmo ritmo dos grandes saltos de Hanuman pelo ar. Da pré-escola ao ensino fundamental e, depois, do ensino médio ao superior, a mente da criança foi testada e todos os meios de cura foram aplicados. Apesar de todas as tentativas, quatro palavras se recusaram a deixar sua mente: "conte-me uma história!".

Isso demonstra claramente que o ser humano é sensível às narrativas, em qualquer idade. É por essa razão que a grande quantidade de histórias acumuladas ao redor do mundo, nos lares, ao longo das eras, contadas ou em forma escrita, ultrapassa qualquer outro tipo de riqueza acumulado pelo homem.

Ao mentor falta perceber que a compulsão para criar histórias é a última das obsessões do Criador. Se

Ele não pode se despojar delas, é inútil querer subtraí-las do homem.

Um dia o Criador entrou em Sua oficina e começou a criar água do fogo e terra da água. A Criação ficou saturada de névoa, extenuada. Os minerais formados ficaram amontoados em pilhas metódicas; os depósitos químicos esparramaram-se por toda parte e o som do martelo não cessava. Nesse momento, não parecia haver nada de absurdo no Criador. Tudo o que ali sucedia era completamente "produtivo".

Então surgiu a vida. A grama crescia, as árvores despontavam, animais corriam por todo lado, aves voavam ao redor. Uns fincavam raízes na terra e seus ramos se estendiam para o alto; outros corriam avidamente, felizes em sua liberdade. Outros mais circulavam pelo mundo, num bailado silencioso sob o manto aquático, enquanto um quarto grupo se entusiasmava, compondo com suas asas abertas uma ode ao Sol. Nesse momento a impetuosidade do Criador foi revelada.

Muitas eras transcorreram. Subitamente, em um dia aprazível, o Criador mandou os quarenta e nove ventos para Seu laboratório. Moldou o homem com eles. Nesse momento Sua história mudou de rumo. Ele havia devotado bilhões de anos à ciência e à engenharia; agora Ele se voltava para as artes.

Ele trouxe o homem à vida por meio de histórias e mais histórias. Os animais e aves passavam a vida comendo, dormindo e criando seus filhotes. A vida do homem era uma história: muitos acontecimentos, muita mágoa! Uma evolução que transcorria entre conflitos: um desejo que colidia com outro desejo, o bem do indivíduo com o bem comum, a disciplina com o instinto, o desejo com as circunstâncias! Como o rio é feito pela correnteza, o homem é uma torrente de histórias. Por essa razão, quando duas pessoas se encontram, perguntam: "olá, quais as novidades, e então...?". Esse "então" entrelaça-se com outros "entãos" e assim a narrativa do homem tece uma trama sobre o mundo. É isso que chamamos de narrativa da vida ou história.

A vida do homem é a fusão da história moldada pelo Criador e das narrativas criadas pelo homem. Para nós, as histórias de Ashoka e Akbar não são as únicas que fazem sentido. A história do príncipe que viaja para uma terra distante em busca dos tesouros do demônio é tão real quanto a história da lealdade de Hanuman, em que ele não hesita em arrancar a montanha Gandhamadan e levá-la ao seu senhor Rama. Para nós, seres humanos, Aurangzeb[1] é tão real quanto Duryodhana.[2] Não importa qual entre eles possa realmente ter existido; o que importa é quão genuínos são como história.

---

[1] Imperador da Índia, de 1658 a 1707, o último dos grandes imperadores mongóis. Em seu reinado o Império Mongol alcançou grande expansão, embora sua política tenha contribuído para sua dissolução. (N. T.)

[2] Personagem do épico *Mahabharata*, filho mais velho do rei Dharitarashtra e irmão mais velho dos Kaurava, primo e antagonista dos Pandavas. (N. T.)

O homem entrou para a existência pelo mundo ficcional do Criador. Por essa razão não é matéria nem teoria — e isso é algo que o mentor não consegue tirar da cabeça dele. Depois, esgotados todos os recursos, o mentor tenta fazer um reajuste, introduzindo na história uma moral. Mas, eternamente incompatíveis, as duas coisas nunca se fundem harmoniosamente. Sobrecarregada, a história racha e a moral desaba, restando apenas uma pilha de entulhos.

A FADA

O príncipe tinha quase vinte anos e propostas de um bom casamento vinham de todos os lados. O agenciador de casamento disse:

— A princesa de Bahlika tem uma beleza rara, como um ramalhete de rosas belas.

O príncipe se retirou sem dizer palavra.

O mensageiro relatou:

— A princesa de Gandhara é tão graciosa quanto um cacho de uvas adornando a videira.

O príncipe foi até a floresta com a desculpa de que ia caçar. Semanas se passaram e nenhum sinal de seu retorno.

O mensageiro retornou com notícias:

— Acabei de ver a princesa do Camboja: cílios curvados como o horizonte ao amanhecer, orvalho matutino reluzindo no brilho da manhã.

O príncipe mergulhou em um livro de poesia e recusou-se a levantar os olhos.

O rei perguntou:

— Qual seria a razão desse comportamento? Traga aqui o filho do ministro.

O filho do ministro foi trazido à sua presença. O rei lhe perguntou:

— Você e meu filho são amigos. Diga-me, por que ele não tem interesse em casar-se?

O filho do ministro disse:

— Meu senhor, desde que ouvira histórias do País das Fadas, seu filho decidiu que vai se casar com uma fada e com ninguém mais.

O rei ordenou a seus mensageiros que trouxessem informações sobre o País das Fadas. Homens instruídos foram convocados e eles examinaram todos os livros antigos do país. Balançaram a cabeça negativamente e disseram que os livros não traziam informações sobre o País das Fadas.

Mercadores e comerciantes foram convocados a se apresentarem no palácio. Disseram:

— Temos percorrido o mundo em nossas viagens, terras de especiarias e frutas, sândalo e perfumes. Mas nunca vimos nem ouvimos sobre um País das Fadas.

O rei franziu o cenho e disse:

— Chamem novamente o filho do ministro.

Logo que o rapaz se apresentou, o rei perguntou-lhe:

— Quem contou histórias do País das Fadas ao príncipe?

O filho do ministro respondeu:

— Naveen, o tolo, que vaga com uma flauta pela floresta. Quando vai caçar, o príncipe ouve Naveen contar essas histórias.

— Tragam Naveen até aqui — ordenou o rei.

Naveen, o tolo, apresentou-se. Trazia como presente para a corte um ramalhete de flores. O rei perguntou:

— Onde você ouviu sobre o País das Fadas?

Ele respondeu:

— Vou para lá o tempo todo.

O rei perguntou:

— Onde fica?

Naveen disse:

— Na outra extremidade de seu reino, ao pé do Monte da Imagem, ao lado do Lago do Desejo.

O rei perguntou:

— Podemos realmente ver fadas ali?

O louco respondeu:

— Poderá vê-las, mas não as reconheceria. Elas vêm com disfarces. Algumas vezes se revelam, e então pode acontecer de nunca mais encontrá-las.

O rei perguntou:

— Como *você* reconhece as fadas?

Naveen disse:

— Às vezes por uma música, ou por uma luz estranha.

Aborrecido, o rei disse:

— O que ele diz não faz sentido. É um idiota. Levem-no embora.

Mas as palavras do tolo haviam-se alojado no espírito do príncipe. Era o início da primavera, quando os galhos desfolhados vibram com a vinda dos brotos, e os cachos de flores da estação eclodem na relva. O príncipe partiu sozinho rumo ao Monte da Imagem.

Todos perguntaram:

— Aonde você vai?

Ele não respondeu.

Um veio de água fluía de uma gruta e rolava para o Lago do Desejo. Os aldeões o chamavam de Riacho do Sonho. O príncipe acampou em um templo em ruínas ao lado da corrente. Um mês se passou. A vegetação renovada adquiriu uma tonalidade mais escura e a terra cobriu-se de flores caídas das árvores. Subitamente, em uma manhã, o príncipe ouviu uma doce música em seus sonhos. Ao acordar, ele disse para si: "hoje eu a verei".

Montou em seu cavalo e seguiu o riacho. Logo alcançou o Lago do Desejo. Ali encontrou uma moça de aldeia sentada às margens do lago de lótus. Seu pote de argila estava cheio de água, mas ela não indicava nenhum sinal de que ia levantar-se. Sua pele era escura e ela trazia uma flor amarela entre os anéis negros de seus cabelos, como se fosse a primeira estrela do anoitecer.

O príncipe desceu do cavalo e perguntou:

— Você me daria essa sua flor amarela?

Era um cervo selvagem que não conhece o medo. Ela arqueou o pescoço e olhou para o príncipe. Uma sombra pareceu cobriu seus olhos escuros, como um sono carregado de sonhos, ou como as primeiras nuvens escuras das monções no céu de julho. A jovem tirou a flor de seus cabelos e a estendeu para o príncipe:

— Pegue.

Ele pediu:

— Conte-me a verdade: que fada é você?

Seu rosto refletiu seu espanto e, então, como um repentino aguaceiro de outono, ela caiu numa risada contínua de jovialidade.

O príncipe disse para si: "meu sonho... esse riso, o som doce de sua voz, é exatamente o mesmo que ouvi em meu sonho".

O príncipe montou em seu cavalo e estendeu a mão:

— Venha.

Ela tomou sua mão e montou sem pensar duas vezes. Seu pote de argila cheio de água ficou abandonado na beira do lago. O cuco cantou de um galho.

O príncipe sussurrou em seus ouvidos:

— Qual é o seu nome?

Ela respondeu:

— Kajri.

Chegaram ao templo em ruínas, ao lado do Riacho do Sonho. O príncipe disse:

— Agora revele sua verdadeira forma para mim.

Ela disse:

— Somos pessoas simples dos montes, não usamos disfarces.

O príncipe disse:

— Mas quero ver sua forma de fada.

Forma de fada! O mesmo riso novamente, tinindo notas, ondulando e tombando umas sobre as outras. O príncipe pensou: "seu riso tem o som desse riacho. Ela é a minha fada do Riacho dos Sonhos".

Chegou ao palácio a notícia de que o príncipe havia se casado com uma fada. O rei enviou cavalos, elefantes e palanquins para receber o casal.

Kajri perguntou ao príncipe:

— O que é tudo isso?

O príncipe respondeu:

— Você terá de vir comigo até meu palácio.

Seus olhos cobriram-se de lágrimas; ela lembrou-se de que havia abandonado seu pote de argila na margem do lago. Também se lembrou das sementes de plantas deixadas ao sol no pátio para secar, do irmão e do pai que haviam ido caçar, mas que deviam voltar logo, da mãe que estava ao tear, sentada sob uma árvore, tecendo um sári[3] para seu enxoval de noiva.

Ela disse:

— Não, não vou.

Mas o som dos tambores, o estrondo dos címbalos e o ressoar dos trombones abafaram sua voz.

Kajri desceu do palanquim para o pátio do palácio. A rainha bateu em sua testa e exclamou:

— Que tipo de fada é essa?

Sua filha disse:

— Que vergonha!

As criadas disseram:

— Olhem só para suas roupas!

E o príncipe disse:

— Quietas! A fada veio disfarçada.

---

[3] Traje tradicional das mulheres indianas. (N. T.)

Muitos dias se passaram. O príncipe levantava-se à noite para ver à luz da lua se o disfarce de Kajri havia caído o mínimo que fosse. Mas ele apenas via os anéis de seus cabelos esparramados sobre o travesseiro e suas formas estendidas sobre a cama como uma estátua perfeita esculpida em granito. O príncipe cismou em silêncio: "onde se oculta minha fada, como a manhã que se oculta atrás da escuridão da noite?".

Todos começaram a ridicularizá-lo. Um dia ele não pôde mais suportar. Quando Kajri estava para se levantar da cama, pela manhã, o príncipe agarrou suas mãos firmemente e disse:

— Hoje não a deixarei sair. Mostre-me sua natureza verdadeira. Tenho de conhecê-la.

Ela rira uma vez, ao ouvir essas mesmas palavras nos bosques. Mas, agora, já não podia rir. Lentamente seus olhos foram se enchendo de lágrimas. O príncipe perguntou:

— Você vai me enganar por toda a vida?

Ela replicou:

— Não, não mais.

O príncipe exclamou:

— Assim seja! Na próxima noite de lua cheia deste último mês de outono, você deve se revelar para todos!

A lua cheia cobria a todos. Os músicos da corte começaram a tocar uma música sonolenta. O príncipe entrou no palácio vestido em finas roupas de noivo, e nas mãos segurava uma grinalda: ele estava para se casar com sua noiva-fada pela segunda vez, mas agora sob outra forma.

Em seus aposentos a cama estava arrumada com lençóis brancos. Havia flores brancas aromáticas espalhadas sobre ela. Os raios da lua derramavam-se pela janela.

E Kajri?

Ela não estava ali.

O relógio bateu três horas e a lua se afundou no oeste. Um por um, os assistentes entraram no salão.

Onde estava a fada?

O príncipe disse:

— Ela se revelou quando foi embora. Nunca mais será encontrada.

O DESFILE DE CARRUAGENS

O dia do desfile de carruagens estava próximo. A rainha disse para o rei:

— Temos de ir ao desfile de carruagens.

O rei concordou.

Cavalos e elefantes foram trazidos do estábulo. Fileiras e mais fileiras de barcos decorados envergaram as velas. Em terra, exércitos de sentinelas estavam a postos, com lanças nas mãos. Numerosos servos e criadas posicionaram-se como os demais.

Apenas uma pessoa foi deixada para trás. Era ele quem no palácio catava os fios soltos de vassoura esparramados pelo chão.

O chefe ficou com pena dele e disse:

— Ei você, venha, se quiser se juntar a nós.

Ele respondeu com as mãos entrelaçadas:

— Não poderei ir.

Informações chegaram ao rei de que todos estavam a caminho, menos aquele infeliz homem.

O rei sentiu pena dele e disse ao ministro:

— Leve-o junto no desfile.

O cortejo partiu. A casa daquele pobre homem ficava no caminho. Quando o comboio de elefantes chegou lá, o ministro disse:

— Ei, infeliz, venha conosco para ver as divindades nas carruagens.

Ele respondeu com as mãos entrelaçadas:

— Até onde posso ir? Não sou digno de chegar às portas dos deuses.

O ministro disse:

— Não precisa temer. Você tem o apoio do rei.

Ele disse:

— Ai de mim! Posso pisar o caminho do rei?

O ministro perguntou:

— Nesse caso, o que será de você? Você está condenado a perder o desfile de carruagens?

Ele disse:

— É claro que não. Deus vem a minha porta com as mesmas carruagens.

O ministro explodiu em risos.

— Onde estão as marcas das rodas diante de suas portas?

O pobre homem disse:

— As rodas de Sua carruagem não deixam marcas.

O ministro perguntou:

— E por que é assim?

O infeliz respondeu:

— Sua carruagem tem asas.

O ministro perguntou:

— E onde está essa carruagem agora?

O infeliz apontou para dois girassóis que haviam acabado de florir, um de cada lado de sua porta de entrada.

O BOBO DA CORTE

O rei de Kanchi partiu para conquistar Karnat. Ele saiu vitorioso da batalha. Os elefantes foram enfeitados com sândalo perfumado, marfim, ouro e pedras preciosas.

Em seu retorno, ele se deteve no templo Baleswari e o ungiu com o sangue de um animal sacrificado.

O rei terminou suas preces à deusa e voltou-se para sair. Suas roupas estavam ensanguentadas, em volta do pescoço levava uma grinalda de hibiscos vermelhos e sua testa estava ungida com óleo de sândalo vermelho; seu ministro e o bobo da corte eram suas únicas companhias.

Em certo ponto, num bosque de mangueiras à margem da estrada, eles viram algumas crianças brincando.

O rei disse:

— Deixe-me ver do que estão brincando.

As crianças haviam alinhado bonecas de argila em duas fileiras e brincavam de guerrear.

O rei perguntou:

— Quem está lutando com quem?

Elas disseram:

— Karnat está lutando com Kanchi.

O rei perguntou:

— Quem está vencendo e quem será o derrotado?

As crianças estufaram o peito e disseram:

— Karnat vai vencer e Kanchi vai perder.

O ministro tornou-se sombrio, o rei ficou furioso e o bobo da corte explodiu em gargalhadas.

Quando o rei voltou com suas tropas, as crianças ainda estavam imersas na brincadeira.

O rei ordenou:

— Amarrem cada uma dessas crianças a uma árvore e chicoteiem-nas sem piedade.

Os pais das crianças vieram correndo do vilarejo próximo na mesma hora e disseram:

— São ingênuos, estavam apenas brincando, perdoe-as, por favor.

O rei chamou seu comandante e ordenou:

— Dê uma lição a esse vilarejo, para que nunca mais se esqueçam do rei de Kanchi.

E voltou para seu acampamento.

Naquela noite, o comandante veio à presença do rei. Curvou-se em reverência e disse:

— Majestade, com exceção das hienas e dos abutres, tudo repousa em silêncio no vilarejo.

O ministro disse:

— A honra de Vossa Majestade foi salva.

O sacerdote disse:

— A deusa abençoou nosso rei.

O bobo da corte disse:

— Majestade, permita que me retire agora, por favor.

O rei perguntou:

— Mas por quê?

O bobo da corte disse:

— Não posso matar, não posso mutilar. Só Posso rir da vida, presente dado por Deus. Se eu continuar na corte de Vossa Majestade, vou esquecer como se ri.

O DESEJO DO CORAÇÃO DA NOVA RAINHA

A nova rainha estava doente. Seu coração estava aflito — nada mais a agradava. O médico trouxe suas pastilhas. Misturou com mel e ofereceu-lhe a taça com a mistura:

— Tome.

Ela afastou a taça.

O rei foi informado. Ele deixou imediatamente seus assuntos de Estado e correu para vê-la. Sentou-se ao seu lado e perguntou:

— O que a aflige? O que seu coração deseja?

Ela resmungou:

— Saiam todos. Traga minha aia, apenas.

Sua aia foi chamada. A nova rainha pegou sua mão e disse:

— Querida amiga, sente-se ao meu lado. Preciso conversar com você.

A aia perguntou:

— Conte-me, o que se passa em sua alma?

A nova rainha disse:

— Antes de mais nada, a antiga rainha tinha três edifícios ao lado de minha mansão de sete andares; passou a ter apenas dois, depois um e, por fim, ela foi mandada embora do palácio definitivamente.

"Aos poucos, esqueci-me completamente da antiga rainha, a que foi banida. E então chegou o Holi,[4] o festival das cores. Eu no pátio, em minha carruagem de penas de pavão. Havia uma multidão diante da carruagem e guardas atrás. A banda tocava dos dois lados do caminho, flautas à esquerda, tambores à direita. De minha carruagem, vi uma cabana na margem do rio, à sombra de um pé de jasmim. A cerca estava coberta de flores azuis, penduradas nos ramos, e diante da entrada havia um *rangoli*[5] auspicioso, feito com pó de arroz. Perguntei à minha criada: 'Que bela cabana! Quem vive ali?' Ela respondeu: 'A antiga rainha exilada'.

"Voltei para casa e me sentei aqui, no escuro completo, sem sequer uma lamparina — sem dizer uma palavra a ninguém. O rei veio e perguntou: 'O que a aflige? O que seu coração deseja?'. Eu respondi: 'Não posso viver aqui, neste quarto'.

---

[4] O Festival do Holi é realizado na Índia durante o Phalgun Purima, entre o final de fevereiro e o início de março. É uma comemoração com uma longa tradição em todo o país. Anuncia a chegada da primavera com muita música, dança e festa. Trata-se de uma celebração do triunfo do bem sobre o mal. (N. T.)

[5] Desenhos decorativos, criados com pó fino e mistura vibrante de dores, para iluminar a entrada das casas indianas durante os festivais hindus. (N. T.)

"O rei disse: 'Vou construir para você uma nova mansão, com revestimentos de marfim. Os pisos serão de mármore branco como leite, com faces ornamentadas de nácar em forma de lótus'. Eu disse: 'O que meu coração realmente deseja é viver em uma cabana, em um recanto dos jardins do palácio'.

"O rei disse: 'Muito bem, pode-se facilmente arrumar isso'.

"Ele fez a cabana. Era como uma flor selvagem arrancada pela raiz; plantada em terra nova, murchou e secou no mesmo instante. Entrei nela para ficar e saí me sentindo muita envergonhada.

"Depois, um dia, chegou o Festival do Banho.[6] Eu fui para o rio, conduzida por cento e sete servas. Todo o meu palanquim foi mergulhado dentro do rio junto comigo, e tomei meu banho. No caminho de volta, eu a vi do palanquim... Quem era aquela mulher divina? Ela era pura como uma flor no altar! Vestia um sári rústico branco com orla vermelha e usava pulseiras de conchas brancas. Vinha do banho levando junto ao quadril um jarro de água; os raios do sol da manhã cintilavam em seu cabelo molhado e no jarro. Perguntei a minha serva: 'Quem é ela? Em que templo faz suas preces?'. A serva riu e disse: 'A senhora não a conhece? É a antiga rainha'.

---

[6] Khumba Mela, grande e importante festival religioso hindu. Ocorre quatro vezes a cada doze anos na Índia, em quatro cidades, alternadamente: Allahabad, Ujjain, Nasik, Haridwar. Milhões de peregrinos hindus afluem a esses pontos para o santo mergulho de purificação nos rios sagrados. (N. T.)

"Eu voltei para casa e me recolhi na escuridão; não disse uma palavra a ninguém. O rei veio e perguntou: 'O que a aflige? O que deseja seu coração?'. Eu disse: 'Desejo banhar-me no rio todas as manhãs e voltar pela trilha da floresta, trazendo um jarro de água junto ao quadril'.

"O rei disse: 'Muito bem, pode-se facilmente arrumar isso'.

"Os guardas se posicionaram ao longo do trajeto e as pessoas foram afastadas. Eu vesti um sári branco com orla vermelha e usei pulseiras de conchas brancas; banhei-me no rio e, no caminho de volta para casa, levei um jarro de água junto ao quadril. Às portas do palácio, atirei desesperada o jarro no chão. Não foi como imaginei... e novamente me senti envergonhada.

"E então, outro dia, veio o Festival de Krishna. Armaram tendas nos bosques; cantos e danças atravessaram a noite. Na manhã seguinte, colocou-se o assento real sobre o elefante. Protegida por cortinas e véus, tomei o caminho de volta. Vi uma criança passeando pelo bosque. Tinha na cabeça uma grinalda de flores silvestres e levava um cesto com nenúfares, frutas das árvores e verduras da terra.

"Disse a minha serva: 'Que criatura luminosa! Quem é a mãe afortunada daquela criança?'. Ela respondeu: 'A senhora não sabe? É o filho da antiga rainha. Ele está levando flores, frutas e verduras para a mãe'.

"Voltei para casa e me recolhi na escuridão; não disse uma palavra a ninguém. O rei veio a mim e perguntou: 'O que a aflige? O que deseja seu coração?'. Eu disse: 'Meu coração realmente deseja nenúfares, frutas silvestres e verduras colhidas pelas mãos de meu filho todos os dias e que ele mesmo traga-as para mim'.

O rei disse: 'Muito bem, pode-se arrumar facilmente isso'.

"Sentada em minha cama de ouro, recebi de meu filho a cesta de frutas e flores. Ele estava encharcado de suor e a fúria havia enrijecido seus membros. A cesta ficou ali inutilmente largada. Senti vergonha.

"Desde aquele dia, não sei o que aconteceu de errado. Eu fico sentada aqui, sozinha e em silêncio. Todos os dias, o rei vem a mim e pergunta: 'O que a aflige? O que deseja seu coração?'.

"Apesar do privilégio de ser a nova rainha, tenho muita vergonha de dizer o que desejo. Por isso pedi que viesse, minha amiga. Deixe-me confidenciar em seu ouvido meu último e definitivo desejo: quero a dor da antiga rainha".

A aia ficou espantada:

— Mas por quê?

A nova rainha disse:

— A antiga rainha esparramava melodias com sua flauta de madeira; minha flauta de ouro estava comigo aonde quer que fosse, guardava-a como um tesouro precioso, mas nunca fui capaz de tocá-la!

O QUADRO

Na cidade onde Abhiram pintava imagens de deuses e deusas, ninguém sabia nada sobre ele ou seu passado. Todos o conheciam apenas como um estranho que pintava quadros para viver.

Abhiram ponderava: "Já fui rico, mas toda a riqueza se foi... e, de certo modo, tudo o que aconteceu foi para o bem. Todos os dias, agora, medito sobre as várias formas de Deus, meu pão com manteiga vem dessa ocupação e, além disso, coloco Sua imagem em todas as casas. Ninguém pode tirar de mim o respeito e a consideração que conquistei".

Um dia, o ministro real morreu. O rei convidou um homem de outro país para ocupar o cargo e o fez seu ministro. Toda a cidade cochichava em torno da novidade.

Nesse dia, os dedos e o pincel de Abhiram pararam de trabalhar.

O novo ministro não era o mesmo menino órfão que o pai de Abhiram adotou e criou e em quem confiava mais do que em seu próprio filho de sangue, Abhiram? Sim, mas o jovem usou de deslealdade e traiu o velho pai, roubando-lhe a fortuna. E aquele homem era o mesmo jovem que agora entrava para o reino como o novo ministro do rei.

A sala em que Abhiram pintava era também sua câmara para exercer o *puja*. Ele entrou, uniu as mãos e indagou:

— Foi para isso que passei tantos anos pensando sobre vós, em todas as vossas cores e todos os vossos traços? É assim que me recompensais? Com tamanho insulto?

O cortejo de carruagens se aproximava.

Na feira, muitas pessoas de diferentes lugares se aglomeravam para comprar os quadros de Abhiram. Entre a multidão, havia um menino, protegido por servos e guardas. Ele escolheu um quadro e disse:

— Vou levar este.

Abhiram se virou para o acompanhante do menino e perguntou:

— Quem é essa criança?

Ele respondeu:

— O filho único de nosso ministro.

Abhiram cobriu os quadros com um pano e disse:

— Não vou vender meus quadros.

Isso fez o menino desejar o quadro ainda mais. Em casa, ele recusou-se a comer e ficou desgostoso em um canto.

O ministro enviou a Abhiram um saco cheio de moedas de ouro. O saco voltou intocado.

O ministro disse para si mesmo: "Quanta audácia!".

Quanto mais aborrecido ficava, mais obstinada era a recusa de Abhiram e ele pensou: "*essa* é a minha vitória".

Toda manhã, a primeira coisa que Abhiram fazia era pintar um quadro da divindade de sua própria devoção. Era a única forma de adoração que ele conhecia. Um dia, ele notou que a pintura não estava satisfatória. Alguma coisa parecia diferente. Não parecia genuína. Ele ficou muito perturbado.

Conforme os dias foram passando, a sutil diferença se tornou mais evidente, até que Abhiram finalmente percebeu e ficou alarmado com o que constatou: "É isso!"

Podia agora ver claramente: o rosto de seu Deus tornava-se mais e mais semelhante ao rosto do ministro.

Ele atirou o pincel no chão e exclamou:

— Então, o ministro venceu!

No mesmo dia, ele levou o quadro para o ministro, e disse:

— Aqui está o quadro. É do seu filho.

O ministro perguntou:

— Qual é o preço?

Abhiram disse:

— Você me privou de minha devoção a meu Deus. Vou recuperá-la dando-lhe este quadro de presente.

O ministro não tinha a menor ideia do que ele estava falando.

O PRÍNCIPE

O príncipe estava longe de seu país, viajando pelos sete mares, para uma terra onde rei nenhum imperava.

Esta é a história de tempos que não têm começo nem fim.

Em cidades e vilarejos, todos vão à feira, compram coisas, voltam para casa, discutem e disputam. Mas o príncipe, ao longo do tempo, sempre deixa sua casa e parte em viagem. Por que ele se vai?

A água dentro do poço permanece dentro do poço; águas de lagoas e lagos ficam quietamente contidas nas lagoas e nos lagos. Mas na montanha o riacho não se deixa ficar parado em seu topo, e a água da chuva se desprende das nuvens. Quem poderia reter o príncipe em seu reino? Ele não retrocede mesmo depois de intermináveis prados, avança pelos sete mares e pelos treze rios.

O homem nasce muitas vezes como uma criança e nunca se apaga o prazer de ouvir essa história antiga.

A chama da lamparina fica imóvel no escuro; as crianças silenciosamente pensam: "eu sou esse príncipe".

Depois do prado interminável, é o oceano que se estende para além. No meio dele há uma ilha e, ali, o demônio mantém a princesa prisioneira.

A maioria das pessoas neste mundo busca riqueza, fama ou felicidade. Nosso príncipe, porém, vai em busca da princesa; vai libertá-la do demônio. Irrompe um vendaval, o barco é virado e, mesmo assim, ele segue persistente.

Este conto de fadas é o primeiro na vida de um homem, e também o último. Toda nova vida que nasce neste mundo precisa receber esse grão de sabedoria da avó: que a princesa caiu prisioneira, que o mar é bravio, que o demônio é ameaçador e que, mesmo assim, um homem insignificante jurou: "vou libertar a donzela".

A chuva cai, ruidosa, na floresta escura, os grilos pipilam e o menino se perde em pensamentos: "preciso partir em busca da princesa e libertá-la do demônio". Diante dele, estende-se o oceano infinito, como um sono azul feito em ondas de sonhos. O príncipe desce de seu cavalo.

Mas no mesmo instante em que seus pés tocam a terra... Oh! É mágica ou ele está na terra das maravilhas?

É uma cidade, as pessoas correm apressadas; os carros rumam para os escritórios e amontoam-se nas ruas. O flautista fica na esquina, tocando sua flauta e induzindo as crianças a comprar seus produtos.

E que roupas são aquelas no príncipe? Seu modo de andar é esquisito! Sua camisa está metade desabotoada, seu *dhoti*[7] não está muito limpo, seus sapatos estão velhos e esgarçados. É um jovem do vilarejo, um estudante da cidade e dá aulas para sobreviver.

Onde está a princesa?

Ela mora na casa vizinha.

Ela não é bela como o lírio e seu sorriso não brilha como pérolas. Não pode ser comparada com as estrelas no céu; ela é como a flor selvagem sem nome, que se abre em meio a tufos de mato depois das primeiras chuvas das monções.

Sua mãe morreu e o pai a mimou. Ele era um homem pobre, mas não queria para a filha um noivo de pouco valor. Com isso, a jovem ia passando da idade dia após dia e os vizinhos começaram a falar. Chegou o dia em que seu pai também morreu, e a jovem passou a viver na casa do tio.

Apareceu um noivo para ela. Era tão rico quanto velho e tinha muitos netos. Levava uma vida de luxo sem limite.

O tio diz:

— É uma moça de sorte sem igual.

No dia do casamento, a moça desaparece e o moço da casa vizinha também.

---

[7] Peça de roupa retangular, sem costuras, de 4,5 m, enrolada em torno da cintura e das pernas e amarrada na cintura. (N. T.)

Espalham-se comentários de que os dois fugiram — casados em segredo. Os dois não pertencem à mesma casta, mas estão unidos pelo coração.

Todos dizem: "que vergonha!".

O velho promete um trono de ouro à sua divindade do lar e jura:

— Veremos como o garoto vai escapar!

O jovem é levado à força perante o tribunal, onde advogados sábios e testemunhas escolhidas permanecem até o dia se tornar noite. É um espetáculo fora do comum!

No mesmo dia, dois cabritos são sacrificados para a divindade do lar. Ribombam os tambores, trombetas ressoam. Todos estão felizes. Dizem:

— Os tempos podem ser de corrupção, mas ainda existe um Deus acima de nós!

E então é uma história muito longa. O jovem volta da prisão. Mas o caminho tortuoso que tem diante de si parece interminável. É mais longo e mais solitário do que até mesmo os prados infindáveis. Muitas vezes, no escuro, ele escuta:

— Ana, cana, sana, sinto cheiro de carne humana!

Muita ganância em toda parte, tudo por um gostinho de carne humana!

O caminho é interminável, mas a jornada termina. Um dia, a moenda cansa de moer.

Nesse dia, não há ninguém para cuidar dele. Apenas o Senhor da Morte, Yama, fica ao seu lado.

No momento em que a varinha mágica de Yama toca sua testa... Ah! A cidade desaparece e o sonho vira estilhaços.

O príncipe volta no mesmo instante. Ele traz o sinal régio da eternidade na testa. Ele tem de derrubar a fortaleza do demônio, tem de libertar a princesa.

Ao longo das eras, desde sempre, as crianças sentam-se no colo da mãe e ouvem esse conto de fadas — a viagem do homem que vagueia pelos campos intermináveis. Diante dele, os sete mares rugem e as ondas arrebentam na costa.

No curso da História, ele assumiu formas diferentes, personalidades diferentes. Mas, para além da História, ele tem apenas um rosto: ele é o príncipe.

A HISTÓRIA DE UM PAPAGAIO

Era uma vez um papagaio. Ele não era muito adestrado. Cantava, mas não sabia recitar as escrituras. Pulava sobre o galho e voava de um lado a outro, mas não conhecia quase nada sobre regras e regulamentos.

O rei disse:

— Uma ave assim é inútil. Esse papagaio bica as frutas da floresta, o que faz os vendedores de frutas perderem seus ganhos nos mercados do reino.

Ele chamou o ministro e disse:

— Ensine o papagaio.

A incumbência de cuidar do treinamento da ave coube ao sobrinho do rei.

Muitos sábios se reuniram para teorizar. A questão era: qual seria a causa da ignorância do papagaio?

A análise concluiu que o pequeno ninho que o pássaro fez para si, com palha e ramos, não podia conter muito conhecimento. A primeira coisa a se fazer era criar para o papagaio uma gaiola extravagante, ricamente trabalhada.

Os sábios receberam suas recompensas e foram felizes para casa.

O ourives trabalhou com dedicação. Criou uma gaiola de ouro tão admirável que homens do mundo todo esticaram o pescoço, curiosos para ver a maravilha. Alguns diziam:

— A mansão do saber!

Outros diziam:

— Ainda que não haja saber, a gaiola é magnífica. O papagaio é realmente uma ave afortunada.

O ourives recebeu como recompensa um saco de ouro e, com o coração feliz, foi para casa.

O sábio se aprumou para ensinar o papagaio. Tomou uma pitada de rapé e disse:

— Esses poucos textos não funcionarão neste caso.

Então o sobrinho convocou os escritores de livros didáticos. Eles copiaram frases dos livros e depois fizeram cópias das cópias, até juntarem uma grande pilha de papel. Todos aqueles que viram a grande pilha exclamaram:

— Bravo! Aqui a erudição floresce auspiciosamente!

O grupo de escritores recebeu seu pagamento e amontoou o dinheiro dentro do carro de boi. Correram para casa imediatamente. Até o fim da vida, nunca mais passaram um dia de necessidade.

O sobrinho, encarregado de cuidar da gaiola, não teve mais hora de descanso. Tinha de providenciar a manutenção da gaiola e reparos regularmente.

Somava-se a isso o trabalho diário de tirar o pó, limpar e polir. Quem via comentava:

— Admirável, realmente.

Muitos homens foram contratados para trabalhar e, para supervisioná-los, outros mais foram convocados. Todos os meses, eles recebiam gordos salários que forravam seus cofres. Cheios de satisfação, eles, com seus familiares e amigos, construíram casas confortáveis e puderam levar a vida de pernas para o ar.

Pode faltar muita coisa no mundo, mas críticas não faltam. Disseram:

— A gaiola parece muito boa, mas será que alguém cuida da ave?

Essa conversa chegou aos ouvidos do rei. Ele chamou o sobrinho e perguntou:

— Sobrinho, o que significa tudo isso que ouvi?

O sobrinho disse:

— Meu Senhor, se quiser a verdade, chame o ourives, os sábios e os especialistas; convoque os homens que cuidam do serviço de manutenção e seus supervisores. Os críticos são tão medíocres que só conseguem falar mal dos outros.

Essa resposta satisfez o rei, e o sobrinho recebeu uma corrente de ouro para usar no pescoço.

O rei quis ver pessoalmente a extraordinária rapidez com que o treinamento se desenvolvia. Foi um dia à sala de ensino com seus amigos, ministros e servos.

Quando chegou à porta, escutou tambores ressoando, trombetas retumbando, clarinetas ribombando, pratos batendo — os sábios recitavam trechos dos livros sagrados em altos brados. Os artesãos, trabalhadores, ourives, escritores, estudiosos, funcionários, supervisores e todos os seus parentes maternos e paternos aclamaram o rei em uníssono.

O sobrinho perguntou:

— O que Vossa Majestade acha de tudo isso?

O rei respondeu:

— Estupendo! Que grande comoção!

O sobrinho disse:

— Não é comoção apenas, mas também uma grande soma de recursos.

Satisfeito, o rei se afastou e estava pronto para montar em seu elefante quando um crítico, que estava escondido atrás de um arbusto, se manifestou:

— Alteza, o senhor viu a ave?

O rei ficou surpreso.

— Oh, meu Deus! Esqueci! Preciso ver a ave!

Ele voltou e disse ao especialista:

— Preciso ver os métodos que você usa para ensinar a ave.

Mostraram-lhe os métodos. E os métodos deixaram o rei muito feliz. Eram tão maiores que a ave que o papagaio mal podia ser visto. Na realidade, não havia necessidade de ver a ave. O rei compreendeu que o projeto de ensino era amplo. Não havia grãos nem água dentro da gaiola — apenas montes de páginas de textos que eram enfiados pela goela da ave. Nenhuma folga nem mesmo para um pio, muito menos cantar. Era de fato uma imagem inspiradora.

Dessa vez, enquanto montava no elefante, o rei pediu ao melhor pugilista do reino para dar uma boa sova no crítico.

À medida que os dias se passavam, a ave se tornava mais apática e débil. Os homens que cuidavam dela viram nisso um êxito e tanto. Contudo, por um impulso natural da ave, o papagaio bateu as asas de maneira muito inapropriada ao ver o sol da manhã. Alguns dias e ele até tentava bicar pelas barras da jaula com seu bico magro.

O Ministro de Assuntos Civis perguntou:

— O que é essa esquisitice?

O ferreiro foi chamado. Ele chegou com sua bigorna e forja. Que confusão fizeram! Fabricaram correntes de ferro para as patas do papagaio e apararam também as asas da ave.

Todos da família do rei balançavam a cabeça e diziam:

— Neste reino, as aves não são apenas estúpidas, mas também ingratas.

Os especialistas seguraram seus espetos com uma das mãos e varas com a outra. Digno de chamar-se "educação" foi o alvoroço que fizeram.

Os negócios do ferreiro começaram a prosperar tanto que sua esposa exibia joias de ouro, e o rei recompensou o Ministro dos Assuntos Civis por sua presença de espírito.

O papagaio morreu. Ninguém soube identificar o momento exato de sua morte.

O crítico imbecil espalhou o rumor por toda parte:

— A ave morreu!

O rei mandou chamar seu sobrinho.

— O que tem a me dizer desses comentários, meu sobrinho?

O sobrinho respondeu:

— Alteza, o adestramento do papagaio está concluído.

O rei perguntou:

— Ele saltita por todo lado agora?

O sobrinho disse:

— Deus o livre!

— Ele voa?

— Não.

— Ele canta?

— Nunca.

— Ele grita quando está com fome?

— De jeito nenhum.

O rei disse:

— Traga-o aqui e deixe-me dar uma olhada nele.

O papagaio foi levado, acompanhado por ministros, guardas e sentinelas.

O rei cutucou a ave. Ela não abriu a boca nem emitiu som. Mas de sua barriga vinha o ruído abafado das páginas de textos.

Do lado de fora, folhas verdes murmuravam um lamento ao vento sul da primavera, e uma nota de pesar subia para o céu.

O EPÍLOGO

Na terra de Bhoja, a menina que cantava no templo todas as manhãs havia sido abandonada. O professor de música recordou:

— Tarde da noite, quando estava prestes a amanhecer, um canto estranho penetrou meus ouvidos. Na manhã seguinte, quando fui até a floresta com minha cesta para colher flores, encontrei o bebê embaixo das árvores.

O músico tomou a criança com mais delicadeza do que teria com sua própria *tambura*[8] e a educou com amor. Ela aprendeu a cantar antes de pronunciar a primeira palavra.

Agora, o músico estava velho, sua voz estava fraca e ele não enxergava muito bem. A menina cuidava dele como cuidaria de seu próprio filho.

Muitos jovens viajavam de longe para ouvi-la cantar. Isso fazia o músico estremecer de medo. Ele dizia:

[8] Instrumento musical de cordas.

— Quando o caule enfraquece, a flor cai no chão.

A menina dizia:

— Não posso viver nem um momento sem a sua companhia.

Ele acariciou o rosto dela, dizendo:

— A música que abandonou minha voz hoje, em contrapartida, encontrou abrigo em você. Se me deixar, perderei tudo o que construí em minha vida.

Na lua cheia do Holi, o festival das cores, Kumarsen — o discípulo principal do músico — depositou reverentemente aos pés do mestre um ramo de mangueira com botões em flor e disse:

— Ganhei o coração da linda Madhavi. Agora, se nos der permissão, gostaríamos de servir juntos a seus pés.

As lágrimas do mestre rolaram livremente enquanto dizia:

— Vá buscar minha *tambura* e venham os dois sentar-se diante de mim, como um rei e sua rainha.

O mestre tocou a *tambura* e cantou para eles. Era a canção nupcial, em Sahana Ragini. Ele disse:

— Neste dia cantarei minha última música.

Ele cantou uma estrofe. Mas a canção não foi adiante — tremulava e caía como uma flor delicada que não aguenta o peso das gotas de chuva. Por fim, ele entregou a *tambura* a Kumarsen e disse:

— Criança, eu lhe dou minha *tambura*.

Então ele pegou a mão de Madhavi e a colocou sobre a mão do jovem, dizendo:

— E também a minha vida.

Em seguida disse:

— Por que não terminam minha canção juntos? Quero ouvi-los cantar.

Madhavi e Kumar começaram a cantar — era como a harmonia do céu e da lua cheia.

A canção foi interrompida com a chegada do mensageiro real. O músico estremeceu enquanto se levantava para perguntar:

— O que deseja Sua Majestade?

O mensageiro disse:

— Sua filha é muito afortunada. O rei ordenou que a buscassem.

O mestre perguntou:

— Mas o que ele deseja?

O mensageiro disse:

— Ao amanhecer, a princesa partirá para o Camboja, onde seu marido vive. Madhavi deve acompanhá-la.

A manhã chegou e a princesa começou sua jornada.

A rainha chamou Madhavi e disse:

— Eu lhe dou a incumbência de manter minha filha feliz o tempo todo em seu lar, distante de nós.

Não havia uma lágrima nos olhos de Madhavi, mas o sol anunciou o céu árido que chegava.

A carruagem real da princesa foi na frente e o palanquim de Madhavi seguia atrás. Estava coberto com um pálio de veludo e guardas a seguiam dos dois lados.

Quando passavam à margem da estrada, o mestre deitou-se no chão como um galho caído, e Kumarsen permaneceu em pé, tão silencioso como uma árvore.

As aves cantavam nos choupos e o aroma das mangueiras em botão flutuava no ar. Um suspiro geral escapou de todas as pessoas do palácio, desejosos de que a princesa nem mesmo por um instante sentisse saudade de casa numa noite qualquer de verão.

REPETIÇÃO

Vieram más notícias do campo de batalha aquele dia. O rei saiu para caminhar pelo jardim com o coração pesaroso.

Ele notou a presença de uma menina e um menino brincando embaixo de uma árvore, perto dos muros do jardim.

O rei perguntou-lhes:

— Do que estão brincando?

Eles responderam:

— Estamos brincando do exílio de Rama e Sita.

O rei sentou-se ao lado deles.

O menino disse:

— Isso aqui é nossa floresta de Dandaka e aqui estou construindo para nós uma cabana.

Ele havia recolhido uma grande quantidade de palha, grama e galhos partidos e estava muito ocupado.

Enquanto isso, a menina cozinhava folhas e grama dentro de uma tigela, num fogão sem chama: era hora do almoço de Rama, e Sita estava tão ocupada preparando a refeição que não podia perder um minuto.

O rei disse:

— Parece que tudo está aqui, mas onde está o demônio?

O menino teve de admitir que faltava alguma coisa na floresta de Dandaka.

O rei disse:

— Não importa, serei o demônio.

O menino olhou sério para ele e disse:

— Mas o senhor terá de perder.

O rei disse:

— Sou muito bom perdedor. Experimente.

O demônio foi tão espetacularmente subjugado que o menino se negou a deixar o rei ir. No decurso de uma manhã, o rei teve de morrer as mortes de dez ou doze demônios, todas sozinho. Ele ficou cansado de morrer tantas vezes.

Naquele dia, as aves cantaram nos galhos da mesma maneira que cantavam em Panchavati no tempo de Rama e Sita. A luz da manhã tecia sua melodia na pele das folhas da mesma maneira que em Treta Yuga, nos tempos antigos.

O peso deixou o coração do rei.

Ele chamou o ministro e disse:

— De quem são essas crianças?

O ministro respondeu:

— A menina é minha filha, seu nome é Ruchira. O menino se chama Kaushik, seu pai é um brâmane pobre que ganha a vida cultuando no templo.

O rei disse:

— É meu desejo que, no devido tempo, esse menino e essa menina se casem.

O ministro não ousou dizer nada. Abaixou a cabeça em silêncio, prestando submissão.

O rei mandou Kaushik para estudar com o sábio mais versado do país. Todas as crianças de famílias nobres estudavam em sua escola. Ali também estudava Ruchira.

O mestre não ficou muito satisfeito no dia em que Kaushik chegou à sua escola. Os outros também sentiram vergonha. Mas era o desejo do rei.

Ruchira é quem ficou mais perturbada com a vinda de Kaushik. As crianças cochichavam e espalhavam histórias; ela corava de vergonha e chorava, irritada.

Se Kaushik lhe estendesse um livro, ela o afastava; se ele lhe falasse sobre as lições, ela não respondia.

O mestre gostava exageradamente de Ruchira; ele estava decidido a fazer com que ela superasse Kaushik em todas as matérias, e Ruchira tinha o mesmo objetivo em mente.

Parecia uma tarefa fácil de realizar: Kaushik estudava, mas não com muito interesse. Ele gostava de nadar, perambular pela floresta, cantar e tocar música.

O mestre o repreendia:

— Por que não se aplica mais aos estudos?

Ele respondia:

— Me dedico a muitas outras coisas além de livros.

O mestre disse:

— Abandone esses interesses.

Ele respondeu:

— Mas, com isso, perderei também o interesse por meus estudos.

Passaram-se dias.

O rei perguntou ao mestre:

— Quem é o melhor de seus alunos?

O mestre respondeu:

— Ruchira.

O rei perguntou:

— E Kaushik?

O mestre disse:

— Não acredito que tenha aprendido alguma coisa.

O rei disse:

— Gostaria que Kaushik se casasse com Ruchira.

O mestre sorriu e disse:

— Seria como tentar casar o anoitecer com o amanhecer.

O rei chamou o ministro e disse:

— Não devemos retardar o casamento de sua filha com Kaushik.

O ministro respondeu:

— Majestade, minha filha não deseja esse casamento.

O rei perguntou:

— É possível saber pelas palavras de uma mulher o que ela tem no coração?

O ministro disse:

— Mas suas lágrimas são também uma testemunha.

O rei perguntou:

— Ruchira considera que ele não seja digno dela?

O ministro respondeu:

— Sim, acredito que sim.

O rei disse:

— Que os dois façam uma prova de seus conhecimentos em minha presença. Se Kaushik ganhar, o casamento deve se realizar.

No dia seguinte, o ministro disse ao rei:

— Minha filha está disposta a fazer a prova.

A prova foi marcada. O rei sentou-se em seu trono e Kaushik sentou-se a seus pés.

O próprio mestre trouxe Ruchira. Kaushik levantou-se, tocou os pés do mestre e cumprimentou Ruchira com as mãos unidas. Ruchira não lhe dispensou o menor olhar.

Mesmo nas lições escolares, Kaushik jamais havia disputado com Ruchira. Os outros estudantes também, desdenhosos, nunca o confrontaram. Então, nesse momento, quando a acuidade de sua inteligência reluziu como a luz refletida da ponta de uma flecha, o mestre ficou surpreso e, ao mesmo tempo, enraivecido.

Ruchira tinha a testa banhada de suor, toda desorientada. Kaushik a levou à beira da derrota e então deixou a disputa.

O mestre perdeu a fala, e lágrimas escorriam pelo rosto da menina.

O rei disse ao ministro:

— Então agora o senhor pode marcar uma data para o casamento.

Kaushik ficou de pé, juntou as mãos diante do rei e disse:

— Perdão, mas não concordo com esse casamento.

Perplexo, o rei indagou:

— Não quer aceitar o prêmio por sua vitória?

Kaushik respondeu:

— A vitória pode ser minha... o prêmio pode ir para outra pessoa.

O mestre disse:

— Majestade, dê-me mais um ano... o teste final pode ser realizado depois desse prazo.

Com aquela decisão, encerrou-se o debate.

Kaushik saiu da escola. Era visto às vezes vagueando nos bosques e, em certas noites, no topo dos montes.

Enquanto isso, o mestre dedicava toda a sua atenção ao treinamento de Ruchira.

Mas onde estava a atenção de Ruchira?

Contrariado, o mestre dizia:

— Se não se concentrar no estudo, terá de aceitar a derrota pela segunda vez.

Mas ela parecia agir de modo a obter uma segunda derrota. Sua falta de atenção era a sua punição. Nunca abria os livros de filosofia e quase nunca pegava os de poesia.

Enfurecido, o professor disse:

— Em nome dos antigos sábios, juro nunca mais aceitar uma menina como aluna. Já decifrei o mistério dos Vedas e dos Vedantas, mas não há meio de entender a mente de uma mulher.

Um dia, o ministro veio diante do rei e disse:

— Uma proposta de casamento para minha filha veio da casa dos Bhavadatta. Ninguém se assemelha a eles em linhagem, classe ou riqueza. Peço o consentimento de Vossa Majestade.

O rei perguntou:

— O que pensa sua filha a respeito?

O ministro perguntou:

— É possível saber pelas palavras de uma mulher o que ela tem no coração?

O rei perguntou:

— E as lágrimas dela? O que elas testemunham?

O ministro ficou em silêncio.

O rei foi para o jardim e sentou-se. Ele disse ao ministro:

— Traga sua filha. Quero vê-la.

Ruchira apresentou-se diante do rei, fez uma reverência em sinal de respeito e ficou de lado.

O rei disse:

— Minha criança, você se lembra daquela brincadeira do exílio de Rama?

Ruchira sorriu e baixou o olhar.

O rei disse:

— Hoje meu coração deseja ver novamente aquela brincadeira.

Ruchira levou a aba do sári aos lábios e permaneceu muda.

O rei disse:

— Os bosques estão lá, e Rama também, mas ouvi, minha criança, que desta vez não há Sita. Se desejar, essa falta pode ser corrigida.

Ruchira ficou em silêncio, mas se curvou para tocar os pés do rei.

O rei disse:

— Mas, minha filha, desta vez eu me recuso a ser o demônio.

Ruchira olhou para ele com boa disposição.

O rei disse:

— Desta vez, o papel do demônio será representado pelo seu mestre.

HISTÓRIAS DE HOMENS E MULHERES

LIBERTAÇÃO

Ele era um homem que queria o céu para a humanidade. Havia passado muitos anos em práticas austeras e por fim alcançou o segredo da vida eterna. Agora, tudo o que ele precisava fazer era entoar em suas preces a palavra secreta e, um dia, obteria o céu para todo ser humano.

No limite da floresta vivia uma lenhadora. Ela sempre levava para o eremita frutas sob as dobras do sári e água da fonte em uma folha de lótus. Mas suas práticas iam progressivamente se tornando mais austeras, até que ele parou de comer. Eram as aves que então comiam as frutas.

Semanas decorreram. Até mesmo a água deixada na folha de lótus evaporava e seus lábios nunca mais a tocaram.

A lenhadora disse:

— O que devo fazer? Meus esforços são inúteis!

Ela passou a colher flores e deixá-las aos pés do eremita. Ele não tomava conhecimento delas.

Sob o sol ardente do meio-dia, ela usava as abas de seu sári para abrigá-lo. Mas para o eremita não havia diferença entre o sol e a sombra.

Nas noites de lua nova, quando a floresta ficava escura como breu, a jovem sentava-se ao seu lado. Embora o eremita não tivesse medo de nada, ela ficava ali para protegê-lo.

Antes, toda vez que o eremita a encontrava, ele perguntava, afetuoso:

— Como vai você?

Ela respondia:

— Para mim os dias são sempre os mesmos... Mas não há ninguém para cuidar de você? Uma mãe ou uma irmã?

Ele dizia:

— Tenho muitas pessoas, mas que razão há para cuidarem de mim? Poderiam elas deter a minha morte?

A menina respondia:

— A vida não é eterna. É isso que a torna tão preciosa.

Ele replicava:

— O que busco é a vida eterna; procuro a imortalidade.

Ele falava de muitas outras coisas também, de suas ideias e de seus diálogos consigo mesmo. Mas quem poderia entender tudo aquilo? A jovem lenhadora não entendia uma palavra, mas sentia o coração palpitar como um pavão que acaba de ouvir o estrondo do primeiro trovão da temporada de chuvas.

Muitas semanas se passaram. Os olhos do eremita se fecharam e ele nunca mais olhou para a jovem.

Ela percebeu que havia distâncias infinitas de meditação estendendo-se entre ela e o eremita. Nem mesmo em mil anos conseguiria fechar aquela lacuna e aproximar-se dele.

Decidiu então esquecer aquele sonho. Queria chorar. Disse a si mesma: "Se ele me perguntar uma vez ao dia ao menos 'Como vai?', essas palavras me bastarão. Se ele se servisse ao menos de um pedaço de fruta, um gole d'água, então ela também poderia comer e beber.

Nesse ínterim, chegou aos ouvidos de Indra, o rei dos deuses, a notícia de que um homem queria transcender a mortalidade e entrar no paraíso.

Indra, ao mesmo tempo enfurecido e tremendo de medo, vociferou:

— Os demônios quiseram conquistar o paraíso com a força bruta e conseguimos combatê-los; mas se um homem quiser conquistar o paraíso com a força de seu sofrimento... o que vamos fazer?

Ele chamou Menaka, a ninfa celestial, e disse:

— Vá e destrua a penitência desse homem.

Menaka disse:

— Oh, rei, vai apenas atrair para si efeitos negativos, se usar os poderes dos céus para vencer um mortal. Será que nenhuma mulher do mundo tem o poder de derrotar esse homem?

Indra disse:

— Tem razão.

Veio a primavera, a aragem soprou branda entre os ramos e os botões de flores explodiram por todos os lados. A lenhadora sentiu também uma brisa fresca bafejar-lhe o rosto. Ela se sentiu flutuar em uma inquietude desconhecida, doce e abrasadora. Seus pensamentos foram levados pelo vento como um enxame de abelhas instigadas pelo cheiro do mel.

No mesmo instante, uma das fases da meditação do eremita havia chegado ao fim. Teria agora de seguir para uma caverna isolada. Ele abriu os olhos.

Diante dele estava a jovem, com uma flor vermelha em seus cabelos e o sári coberto de pólen amarelo. Ele não a reconheceu, embora ela lhe parecesse familiar. Ela era como uma música conhecida, de cujas palavras ele não conseguia se lembrar. Ela era como um esboço feito de nanquim, no qual o artista, por capricho, havia de repente espalhado cor.

O eremita levantou-se e disse:

— Estou partindo para um local distante.

A jovem perguntou:

— Mas por que, meu senhor?

Ele disse:

— Porque preciso terminar minha penitência.

A lenhadora juntou as mãos e perguntou:

— Por que precisa me privar do pequeno privilégio de vê-lo todos os dias?

O eremita sentou-se e refletiu durante longo tempo. Não disse mais nada.

Quando seu pedido foi atendido, a menina sentiu uma dor aguda cortar-lhe o coração. Ela pensou: "sou um ser humano comum. Por que minhas palavras impediriam seu trabalho?".

Naquela noite, enquanto estava sentada em sua cama de capim, sem pregar os olhos, começou a ter medo de si mesma.

Na manhã seguinte, ela levou frutas para ele; o eremita as pegou de suas mãos. Quando ela trouxe água em uma folha, ele a bebeu no mesmo instante. A jovem sentiu um prazer percorrer-lhe as veias.

Mas, no instante seguinte, sob a sombra da árvore perto do rio, suas lágrimas rolaram sem parar. Só ela mesma conhecia seus pensamentos.

No dia seguinte, ela se curvou diante do eremita e disse:

— Meu senhor, busco suas bênçãos.

O eremita perguntou:

— Mas por quê?

A jovem respondeu:

— Estou indo para um local distante.

O eremita disse:

— Vá, e que tenha êxito em sua missão.

Um dia, a penitência do eremita terminou. Finalmente ele havia atingido seu objetivo.

Indra ficou diante dele e disse:

— Você conquistou o direito de ir para o céu.

O eremita replicou:

— Nesse caso, não quero o céu.

Indra perguntou:
— Então, o que quer?
O eremita respondeu:
— A lenhadora da floresta.

ENTREGA

A jovem sentou-se pesarosa em um canto do jardim e começou a esculpir um ídolo sobre um pedestal. A cada dia, ela aprimorava a figura, dando forma à imagem que ocupava seu coração; todos os dias a contemplava, pensava nele e derramava mais lágrimas.

Mas o rosto, que era tão marcado em seu coração, parecia tornar-se mais indistinto, dia após dia. Como a flor de lótus à noite, as pétalas da lembrança gradualmente se fechavam.

A jovem estava irritada e envergonhada de si mesma. Trabalhava duro e vivia como uma santa. Só comia frutas e bebia água. Sua cama era um monte de feno no chão.

À medida que esculpia, mais dessemelhante ficava da imagem de sua lembrança. Não era mais uma réplica. Não era mais o rosto de uma pessoa especial. Por mais que tentasse, mais desaparecia de sua lembrança o original.

Então ela abarrotou o ídolo de ornamentos e joias, cultuou-o com cento e oito flores de lótus e acendeu uma lamparina aromática diante dele à noite — a lamparina de ouro e o óleo aromático lhe custaram os olhos da cara. Conforme os dias foram passando, os ornamentos só aumentavam e as oferendas eram amontoadas, ultrapassando a altura do pedestal; a estátua não estava mais visível.

Um menino se aproximou dela e disse:

— Queremos brincar.

— Onde?

— Ali, onde você montou sua casa de boneca.

A jovem o afugentou.

— Não, não, você nunca vai brincar aqui.

Outra criança se aproximou dela.

— Queremos colher flores.

— Onde?

— Daquela magnólia amarela que fica diante de sua casa de boneca.

Ela a afugentou também.

— Ninguém pode tocar nessas flores.

Outro menino se aproximou e disse:

— Por favor, ilumine nosso caminho com a lamparina.

— Que lamparina?

— Aquela que ilumina sua casa de boneca... ali.

Ela o afugentou.

— A lamparina não pode ser sair dali.

Quando o grupo de meninos foi embora, logo apareceu outro.

A jovem ouviu o barulho que faziam e observou-os enquanto brincavam. Por um momento, ela ficou desnorteada. Mas logo retomou a razão, envergonhada de si mesma.

O dia da feira se aproximava.

Seu vizinho, o velho, se aproximou e disse:

— Você não vai à feira, menina?

Ela disse:

— Não vou a lugar nenhum.

Sua amiga se aproximou e implorou:

— Vem, vamos à feira.

Ela respondeu:

— Não tenho tempo.

A criança pequena se aproximou e disse:

— Por favor, pode me levar à feira com você?

A jovem respondeu:

— Não posso ir, meu *puja* está bem aqui.

Certa noite, ela escutou um ruído em seus sonhos — como o bramido de mil mares. Milhões de homens de diferentes países estavam passando por ali — alguns a cavalo, alguns a pé, alguns com cargas nas costas e outros de mãos vazias.

Quando ela despertou no dia seguinte, a canção dos homens viajantes abafava o canto das aves. De repente, ela sentiu:

— Também devo ir.

Mas então ela se lembrou:

— Tenho meu *puja*, minha adoração, e não posso ir de jeito nenhum.

No mesmo instante ela correu para o jardim, para o lugar onde estava seu ídolo.

Mas onde estava o ídolo? O caminho havia sido aberto ali no lugar do pedestal — uma multidão caminhava por ele — sem tempo para descansar.

— Onde está o ídolo que deixei aqui?

Uma voz sussurrou em seu coração.

— Ele está ali, entre as pessoas que caminham.

Nesse momento, a criança se aproximou e disse:

— Pode segurar minha mão e me levar com você?

— Para onde?

A criança disse:

— Você não vai ao festival?

Ela disse:

— Sim, vou.

O pedestal diante do qual ela ficava em silêncio havia se tornado o caminho sob seus pés; no meio de uma torrente sem fim de viajantes, ela redescobriu o caminho que havia perdido no ídolo esculpido.

A NOVA TENDÊNCIA

Havia um velho e talentoso artista que fazia apenas bonecas — para as meninas do palácio brincarem.

Todos os anos, uma feira de bonecas era realizada no pátio do palácio. Havia-se tornado costume os artesãos homenagearem o velho artista no fim da feira como o melhor entre eles.

Quando o artista chegou perto dos oitenta anos, um novo artista veio para a feira. Seu nome era Kishanlal. Ele era jovem e trouxe uma nova tendência consigo.

Quando fazia as bonecas, deixava algumas incompletas, e outras ele não pintava totalmente. Parecia que não estavam terminadas, como se assim é que devessem ficar.

Os mais jovens diziam:

— Esse homem exibe uma grande ousadia!

Os homens mais velhos diziam:

— Isso não é ousadia! É descaramento!

Mas os tempos modernos traziam novas exigências. As jovens damas desse novo tempo diziam:

— Queremos essas bonecas.

Os velhos servos que as acompanhavam diziam:

— Bobagem!

Mas isso apenas fazia com que as meninas ficassem mais decididas a comprar as bonecas.

Logo, as multidões desapareceram da oficina do velho artista. De seus cestos, as bonecas pareciam olhar para o vazio, como pessoas que esperam em vão na beira de um rio por um barqueiro para atravessá-las.

Um ano se passou, depois outro e todos pareceram esquecer o velho artista. Kishanlal era o novo rei da feira de bonecas no pátio do palácio.

O velho ficou abatido. Sua renda caiu drasticamente. Por fim, sua filha o procurou e disse:

— Venha viver conosco.

Seu genro disse:

— Coma, durma, descanse; e apenas cuide para que meu gado não entre nas plantações.

A filha do velho artista se mantinha ocupada o dia todo. Seu genro fazia lamparinas de cerâmica e as levava em carroças à cidade. Mas o velho se recusava a admitir que os tempos estavam mudando, assim como não percebia que sua neta tinha agora dezesseis anos.

O velho sentava-se à sombra de uma árvore e cuidava das plantações. De vez em quando cochilava. Quando sua neta aparecia sem avisar e o abraçava por trás, seu coração vibrava de alegria e emoção. Ele dizia:

— O que é vovó, o que quer?

Ela respondia:

— Por favor, faça bonecas para mim. Quero brincar com elas.

O avô dizia:

— Oh, não, minhas bonecas não vão agradá-la.

A menina dizia:

— Mas quem pode fazer bonecas melhor do que o senhor?

Ele dizia:

— Ora, Kishanlal, é claro.

Ela dizia:

— Bobagem! Deixe Kishanlal tentar ser melhor!

Os dois sempre conversavam desse modo.

Certo dia, o velho pegou a maleta de ferramentas e colocou os óculos de aro arredondado sobre o nariz. Ele disse à neta:

— Mas, vovó, as gralhas atacarão o milho.

Ela disse:

— Vovô, cuidarei para que não ataquem a plantação.

O dia passou. O som dos bois bebendo água flutuava aos seus ouvidos; a neta afugentava as gralhas enquanto o vovô fazia as bonecas.

O velho tinha muito medo de sua filha. Ela era muito rigorosa e todos na casa tomavam cuidado quando estavam perto dela.

Um dia, o velho estava fazendo suas bonecas, imerso em seu artesanato; ele não viu a filha lançando olhares ásperos para suas peças. Quando ela se aproximou e o chamou, ele tirou os óculos do nariz e a fitou com uma surpresa inocente.

A filha disse:

— As vacas precisam ser ordenhadas e o senhor mantém Subhadra aqui o dia todo. Ela agora já é uma moça. Já não está velha demais para bonecas?

Ele respondeu prontamente:

— Mas Subhadra não vai brincar com elas. Vou vendê-las no palácio. Quando o noivo de minha Subhadra chegar, precisarei de um colar de moedas de ouro para pôr no pescoço dela. Quero guardar dinheiro para isso.

Sua filha estava impaciente.

— Quem vai comprar essas bonecas no palácio?

O velho abaixou a cabeça, envergonhado. Ficou ali, sentado, sem nada a dizer.

Subhadra balançou a cabeça e disse:

— Veremos se não comprarão as bonecas do vovô no palácio!

Dois dias depois, Subhadra levou um monte de ouro a sua mãe e disse:

— Aqui está o dinheiro da venda das bonecas do vovô.

A mãe perguntou:

— Onde você conseguiu isso?

Subhadra disse:

— Vendi as bonecas no palácio.

O velho sorriu radiante de alegria enquanto dizia:

— Vovó, tudo isso quando o vovô mal consegue enxergar e sua mão treme enquanto pinta.

A filha estava feliz e disse:

— Dezesseis dessas moedas de ouro e poderemos fazer um colar para Subhadra.

O velho disse:

— Considere isso feito.

Subhadra abraçou o avô e disse:

— Vovô, com você aqui também não haverá problema sobre meu noivo!

O avô sorriu ao enxugar uma única lágrima de seu olho.

O velho sentiu sua juventude voltar. Sentava-se à sombra de uma árvore e fazia bonecas, enquanto Subhadra afugentava as gralhas e os bois bebiam água lá longe.

Uma por uma, dezesseis moedas de ouro foram encadeadas e o colar estava pronto. A mãe de Subhadra disse:

— Agora, tudo de que precisamos é um noivo.

Subhadra sussurrou no ouvido do avô:

— Vovô, meu noivo está a caminho.

Ele perguntou a ela:

— Diga-me, vovó, onde encontrou esse seu noivo?

Subhadra disse:

— No primeiro dia, quando fui ao palácio, o sentinela perguntou o que eu queria. Eu disse que queria vender bonecas às princesas. Ele disse que as bonecas não tinham utilidade nos tempos atuais e me mandou de volta. Um homem me viu chorando. Ele disse: "Entregue-me essas bonecas. Vou dar uma nova aparência a elas e todas serão vendidas". Vovô, se o senhor aprovar esse jovem, quero me casar com ele.

O vovô perguntou:

— Onde está esse jovem?

A neta respondeu:

— Ali está ele, embaixo daquela árvore.

O jovem entrou na sala. O velho disse:

— Mas é Kishanlal!

Kishanlal tocou os pés do velho artista com reverência e disse:

— Sim, sou eu.

O velho o abraçou e disse:

— Meu filho, um dia você tirou as bonecas de minhas mãos, e hoje você veio levar embora a boneca do meu coração!

A neta abraçou o avô e sussurrou em seu ouvido:

— Vovô, o senhor também vem conosco!

MINU

Minu cresceu fora de Bengala. Na infância, ela costumava sair furtivamente para o bosque de árvores frutíferas à beira do lago e apanhava as frutas inocentemente; tinha como amigo um velho camponês que capinava as plantações.

Quando cresceu, casou-se com um homem que vivia em Jaunpur. Teve um filho que morreu ao nascer e os médicos disseram que também ela corria risco de vida.

Disseram que, por essa razão, ela tinha de ser levada para Calcutá.

Ela ainda era muito jovem. Sua vida se agarrava a esta terra como frutos pequeninos se agarram a uma árvore. Tinha apego a tudo o que é pequeno, verde, vivo e jovem.

O pequeno quintal diante de sua casa era seu jardim. As plantas eram como seus filhos. Havia plantado trepadeiras selvagens junto da cerca e agora, quando pareciam prontas para florescer, ela tinha de desarraigar-se dali e começar tudo de novo em sua nova casa.

Todos os cachorros sem dono da vizinhança eram bem-vindos em sua casa. O mais querido para ela tinha um focinho arredondado e se chamava Batata. Ela estava fazendo uma coleira de contas vermelhas para Batata, mas ainda não estava pronta. O vizinho perguntou:

— Por que não leva esse com você?

O marido de Minu disse:

— Esquece isso, é preocupação demais.

Minu descansava em seu quarto, no primeiro andar de sua casa em Calcutá, com a empregada Bihari falando como uma matraca. Às vezes Minu escutava; outras, perdia o interesse.

Certa noite, Minu não conseguia dormir. Quando o céu rosado da madrugada clareou a escuridão, ela viu que a árvore sob sua janela estava carregada de flores. O perfume tênue das flores bafejou na sua janela, como se perguntasse: "como vai você?".

A árvore, que parecia cansada, como uma criança calada, abriu caminho numa fenda do muro entre a casa de Minu e a de seu vizinho, ansiosa por um pouco de luz do sol, parecendo um tanto perdida. Minu costumava despertar quando o dia estava pela metade, cansada e fraca. Ela nunca tinha visto a árvore em flor antes. Como amava árvores, implorou para a empregada:

— Pelo amor de Deus, afofe a terra ao redor da árvore e regue-a bem.

Mas o mistério da planta nunca ter uma única flor durante o dia logo foi resolvido.

Alguns dias depois, quando os primeiros raios de sol estavam tocando a terra como a flor de lótus meio desabrochada emergindo da água, um brâmane chegou com sua cesta e começou a sacudir a árvore, de modo semelhante aos coletores de impostos do rei quando vão coletar tributos.

Minu pediu a sua empregada:

— Por favor, traga aquele brâmane aqui.

Quando o brâmane veio, Minu juntou as mãos e curvou-se a ele, em reverência, e só então perguntou:

— Oh, brâmane, para quem colhe essas flores?

O brâmane respondeu:

— Para Deus.

Minu disse:

— Mas foi Deus quem me deu essas flores.

— Deu a *você*!

— Sim, a mim. Ele não me daria um presente para tomá-lo de volta, daria?

O brâmane foi embora franzindo o cenho.

Mas, na manhã seguinte, estava de volta, sacudindo a árvore com toda a sua força. Minu chamou a empregada e disse:

— Santo Deus, não posso mais suportar isso. Mude a minha cama para o outro quarto.

De frente para a janela do quarto contíguo, ficava a casa de quatro andares dos Roychowdhurys. Um dia, Minu levou o marido à janela e disse:

— Olhe, olhe, apenas olhe para o filho deles. Ele é tão gracioso! Pode pegá-lo e colocá-lo em meu colo, só por um momento?

O marido disse:

— Por que mandariam o filho à casa de um homem pobre?

Minu disse:

— Preste atenção ao que está dizendo! Que importância tem para as crianças a riqueza ou a pobreza? Todos os colos são luxuosos para elas.

O marido voltou e disse:

— O guarda não me deixou entrar para conversar com o Sr. Roychowdhury.

Na manhã seguinte, Minu mandou chamar a empregada.

— Veja, ele está brincando sozinho no jardim. Rápido, vá e ponha este doce em sua mãozinha.

À noite, seu marido voltou e disse:

— Eles estão muito bravos.

— Por que, o que houve?

— Eles disseram que, se a empregada entrar no jardim de novo, chamarão a polícia.

Lágrimas escorreram dos olhos de Minu quando disse:

— Eu vi... eu vi tudo... Eles lhe tiraram o doce da mão e bateram nele. Não posso viver neste lugar. Por favor, leve-me embora daqui!

A CASA DO OUTRO LADO

A janela permitia que se visse a vida diária da casa do outro lado. A imagem emergia em linhas e espaços: o que era visto e o que era imaginado.

Um dia, os livros continuaram fechados enquanto Banamali observava o que ocorria na casa do outro lado. Havia dois novos rostos entre as pessoas familiares e os usos comuns da casa. Um deles era o de uma viúva idosa e o outro, de uma jovem de dezesseis ou dezessete anos.

A idosa estava sentada perto da janela, penteando o cabelo da jovem; lágrimas escorriam pelo rosto da menina.

No outro dia, a idosa não estava. A jovem debruçava-se sobre uma velha fotografia na penumbra do entardecer e limpava a moldura com o sári.

Pouco a pouco, podia-se observar sua rotina diária através das barras da janela: ela separava a casca do arroz numa peneira em seu colo; trincava o coco de areca; depois do banho, ela chacoalhava os cabelos com a mão esquerda para tirar as gotas de água; colocava as almofadas ao sol para arejar.

À tarde, os homens estavam todos trabalhando. Algumas mulheres dormiam e outras jogavam cartas. O arrulho dos pombos no terraço se dissipava. A menina sentava-se na varanda, esticava as pernas e lia. Em outras ocasiões, tinha um pedaço de papel sobre o livro e escrevia. Seus cabelos caíam soltos sobre as têmporas e, enquanto seus dedos se moviam, pareciam sussurrar nos ouvidos da carta que ela estava escrevendo.

Um dia, surgiu um obstáculo. Ela estava escrevendo, parou um pouco e começou a brincar com a caneta. Uma gralha bicava uma manga meio comida e brincava com o caroço no peitoril da varanda.

De repente, foi como se uma nuvem escura e grossa avançasse de trás e engolisse a lua distraída. A visitante era mais velha e exibia grossas pulseiras nos pulsos gordos. Seu cabelo era dividido ao meio e a risca divisória estava deliberadamente salpicada de vermelho forte.

Ela tomou a carta inacabada das mãos da jovem — a águia atacando a pomba.

Depois disso, a menina não mais foi vista na varanda. Às vezes tarde da noite, às vezes em qualquer momento do dia, ouviam-se ruídos na casa, indicando que um grande terremoto sacudia suas estruturas e ameaçava rachar e despedaçar a sua fundação.

No meio disso tudo, podia-se ainda vê-la, pelas barras da janela, limpar os grãos de lentilha e separar a casca do arroz — de vez em quando, ela saía carregando tigelas, para lavá-las no tanque externo.

Alguns dias se passaram. Era uma noite de outubro: as lamparinas brilhavam na varanda e a fumaça da combustão subia em espiral, como uma cobra serpenteante pronta para estrangular o céu. Banamali voltou para casa e abriu a janela — viu a menina na varanda, com as mãos unidas em súplica. Sinos e pratos ressoavam fora, aos fundos — o *aarti* da noite estava em evolução na casa dos Mullicks, numa esquina mais afastada. Muito mais tarde, a menina se curvou em oração e tocou o chão com a cabeça várias vezes. E então ela desceu.

Naquela mesma noite, Banamali escreveu uma carta. Ele saiu e a colocou na caixa de correspondência no mesmo instante. Mas, ao deitar-se, naquela noite, ele rezou com fervor para que a carta não chegasse ao seu destino. Na manhã seguinte, quando acordou, sentiu que não podia levantar os olhos para a casa do outro lado.

Naquele mesmo dia, Banamali partiu para Madhupur. Ele não disse a ninguém em casa para onde ia.

Voltou quando as aulas estavam para começar. Era noite. A casa do outro lado estava na escuridão, fechada e trancada. Para onde tinham ido todos?

Banamali disse a si mesmo: "Na verdade, foi melhor assim".

Ele entrou no quarto e encontrou pilhas de cartas na mesa. A última delas, a que estava debaixo de todas as outras, tinha um selo local e trazia seu nome e endereço escritos com uma letra desconhecida, porém obviamente feminina.

Ele ficou sentado ali, segurando a carta. Mas não a abriu. Ele a segurou contra a luz e tentou ler através do envelope. As palavras estavam ilegíveis, assim como a vida presenciada através de uma janela.

Estava prestes a rasgar o envelope de uma vez por todas. Mas então colocou a carta em uma caixa e a trancou. E prometeu a si mesmo: "Jamais abrirei essa carta".

PENSAMENTOS ALEATÓRIOS

UM DIA

Vem à lembrança uma certa tarde: o fluxo incessante da chuva diminuía de vez em quando, e a rajada de vento agitava-a novamente. O quarto estava escuro. Eu não queria trabalhar. Peguei a cítara e comecei a tocar *Raag Malhar*, uma música adequada para a chuva.

Ela saiu do quarto ao lado, ficou à porta por um momento e então voltou. Depois de um tempo, ela reapareceu. Entrou lentamente. Segurava a agulha e o bordado, abaixou a cabeça e continuou o trabalho. Então parou, seus olhos caíram na janela e ela olhou direto para as árvores enevoadas.

A chuva foi diminuindo até parar; minha música chegou ao fim. Ela se levantou e saiu para arrumar os cabelos.

Não foi nada além disso: apenas uma tarde cercada de chuva, música, ócio e sombras.

Relatos de reis e imperadores, guerras e motins são abundantes na história. Mas tais comunhões infinitesimais em certas tardes permanecem ocultas no cofre do Tempo como uma pedra preciosa, seu segredo conhecido por apenas duas pessoas.

PRIMEIRA DECEPÇÃO AMOROSA

A trilha que normalmente serpenteava pela sombra da floresta está agora coberta de grama.

Naquele ermo, de repente alguém me chamou:

— Você se lembra de mim?

Eu me voltei e a encarei:

— Eu me lembro de você — eu disse —, mas seu nome parece ter escapado da minha mente.

Ela disse:

— Eu sou sua decepção amorosa, a primeira. Entrei em sua vida quando você tinha vinte e cinco anos.

Seus cílios tinham marcas de lágrimas, como uma poça d'água iluminada pela luz da lua.

Eu fiquei imóvel, confuso e perplexo. Repliquei:

— Mas você era morena como nuvens escuras de chuva. Hoje, você é loura como o dourado do outono. Você perdeu todas as lágrimas daquele tempo?

Ela apenas sorriu brevemente e nada disse. Notei que tudo estava ali, naquele sorriso. As nuvens pesadas de chuva das monções começaram a sorrir como a gota de orvalho no outono.

Eu estava curioso.

— A juventude que me pertencera aos vinte e cinco anos ainda continua com você?

Ela respondeu:

— Dê uma olhada em meu colar.

Ela estava usando o mesmo colar daquele dia, de tantos anos atrás. Percebi que todas as pétalas das flores da primavera ainda estavam ali.

Pensei: "Agora sou velho e cansado, mas meu eu de vinte e cinco anos ainda está vivo como uma flor em seu colar".

Lentamente, ela tirou o colar do pescoço e o colocou no meu, dizendo:

— Você disse naquele dia que não queria consolo, apenas a dor. Lembra-se?

Envergonhado, eu disse:

— Eu me lembro. Mas muitos anos se passaram e em algum lugar ao longo do caminho eu me esqueci.

Ela disse:

— Mas sua decepção, que é um presente do destino, não esqueceu. Desde aquele dia, eu esperei na sombra, secretamente... você não vai me aceitar em seu coração?

Eu estendi o braço para segurar a mão dela.

— Você está tão linda hoje!

Ela disse:

— A dor de ontem se tornou alegria hoje!

DIÁLOGO IMORTAL

As nuvens caem em forma de gotas de chuva para serem abraçadas pela terra. Da mesma maneira, as meninas também vêm do céu, para serem submetidas às regras desta terra.

O espaço concedido a elas é pequeno e seu círculo de conhecidos, limitado. Elas devem encerrar tudo de si dentro desse espaço limitado — todos os seus pensamentos, toda a sua dor e todas as suas ideias. Por isso, elas devem cobrir a cabeça com um véu, usar braceletes e ficar atrás de cercas. As meninas são as princesas celestiais do Paraíso dos Limites.

Mas, por uma cilada da Providência, uma menininha vivaz e inquieta nasceu em nossa vizinhança. Sua mãe perdia a calma e a chamava de "selvagem!". Seu pai ria e a chamava afetuosamente de "maluca!".

Ela era um rio impetuoso passando por cima das pedras da disciplina. Sua alma era como as folhas verdes nos galhos mais altos de uma árvore, balançando ao vento o tempo todo.

Mas hoje notei que a menina estava na amurada de sua varanda, quieta e silenciosa como o arco-íris no fim de uma tempestade. Seus grandes e expressivos olhos negros estavam tranquilos, como as asas ensopadas de chuva de uma ave pousada em um galho.

Eu nunca a tinha visto tão quieta. Era como se o rio houvesse fluído a um ponto, parado repentinamente e se tornando um lago límpido.

Alguns dias antes, o sol ardia implacável, o horizonte estava desbotado e as folhas estavam amarelas e sem vida.

Mas, de repente, nuvens escuras e agitadas se apossaram de um canto do céu. Um único raio do sol apareceu através da capa espessa, como uma espada puxada da bainha.

No meio da noite, as portas foram sacudidas pelo vento. A tempestade agarrou os cabelos do gigante adormecido que era a cidade e a sacudiu com toda a sua força.

Eu me levantei e vi que a luz da rua, na chuva torrencial, mais se parecia com os olhos vidrados de um bêbado. Ouviu-se o relógio da torre da igreja em meio ao ruído sonoro da chuva.

De manhã, a chuva rufou mais forte — o sol não apareceu.

Em meio ao aguaceiro, a menina de nossa vizinhança ficou em silêncio na amurada da varanda. A irmã mais nova apareceu e disse:

— A mamãe está chamando você.

Ela apenas balançou a cabeça vigorosamente; os cachos de seus cabelos dançaram jovialmente para lá e para cá. Seu irmãozinho se aproximou com um barquinho de papel e o colocou em suas mãos; ela afastou as mãos. Mas o irmão insistiu para que ela brincasse com ele. Ela bateu nele duramente e o mandou embora.

O aguaceiro continuava. Tudo em volta ficou escuro. A menina permanecia imóvel.

Nos tempos antigos, a criação pronunciou as primeiras palavras pela linguagem da água, na voz dos ventos. Depois de eras e eras, essas palavras ressurgiram de além da lembrança e do esquecimento e chamaram a menina no murmúrio das nuvens tempestuosas. Ela avançou para além dos limites prescritos; ela se extraviou.

O tempo é colossal, o universo é imenso — as eras são exauridas nesta terra por milhares de criaturas, ao longo de milhares de gerações. Essa expansão, essa vastidão encarou a menina, na silhueta das nuvens e no balbucio infantil da chuva.

Ela olhou de volta calmamente, com seus olhos grandes e expressivos, e manteve-se em quietude silenciosa, como uma imagem talhada na eternidade.

O JOGO DO NOME

Ele começou a escrever poesia quando era muito jovem. Com grande cuidado, desenhava margens douradas em seu caderno, decorava com folhas e flores e escrevia os poemas no centro, com tinta vermelha. E, com grande solenidade, escreveu seu nome na capa: Sri Kedarnath Ghosh.

Um a um, ele começou a mandar os poemas para revistas. Mas nunca eram publicados.

Resolveu que, quando ganhasse muito dinheiro, fundaria sua própria revista.

Quando seu pai morreu, os mais velhos o aconselharam:

— Procure arrumar um trabalho, rapaz. Não desperdice seu tempo escrevendo.

Com um riso de mofa, continuou escrevendo. Um, dois, três: ele publicou três livros de seus poemas.

Ele esperava que os poemas causassem comoção. Mas não causaram.

Contudo, criou-se comoção na mente de um leitor. Era seu sobrinho.

Recém-conhecedora do alfabeto, a criança lia em voz alta qualquer livro que caísse em suas mãos.

Um dia, ele apareceu afogueado na frente do tio com um livro nas mãos, palpitante e empolgado:

— Olha, tio, o seu nome está aqui!

O tio sorriu e beliscou o rosto dele de modo afetuoso. Então, ele abriu sua caixa, pegou outro livro e disse:

— Agora, leia o que está escrito aqui.

A criança começou a soletrar cada letra do nome, e leu o nome do tio. Mais um livro saiu da caixa. Esse também tinha o nome do tio.

Depois de ver o nome do tio em três livros, um depois do outro, a criança parecia querer mais. Abriu os braços e perguntou:

— Você tem muitos, muitos livros com seu nome neles... cem, vinte e quatro, sete?

O tio piscou e disse:

— Espere e veja.

O menino pegou os três livros e saiu correndo, ávido para mostrá-los à velha empregada.

Nesse ínterim, seu tio escreveu uma peça. Shivaji, a personagem histórica, era o protagonista.

Os amigos disseram:

— Certamente será um sucesso no teatro.

Ele conseguiu imaginar a cidade, por todos os lados e em todos os lugares, ecoando seu nome e o nome de sua peça.

Era domingo. Seu amigo, frequentador assíduo de teatros, saiu para pedir a opinião de produtores. Ele esperou ansiosamente pelo retorno do amigo.

Seu sobrinho também estava em casa no domingo. Desde a manhã, o menino estava envolvido em uma brincadeira interessante, que os olhos distraídos do tio não haviam notado.

Havia uma gráfica perto da escola da criança. Ali, o menino havia obtido os caracteres tipográficos para escrever seu nome. Eram de tamanhos e fontes diferentes.

A criança ficou mergulhando os tipos na tinta e estampava o próprio nome em todos os livros que pegava — queria estarrecer o tio.

Estarrecido ele estava. Em determinado momento, o tio entrou no quarto e encontrou seu sobrinho muito ocupado.

— Kanai, o que está fazendo?

Com grande entusiasmo, o menino mostrou a ele o que estava fazendo. Não apenas dois ou três, mas o nome de Kanai estava na capa de pelo menos vinte e cinco livros.

Que bobagem era aquela! O menino estava se fazendo de engraçado em vez de estudar! Que jogo maluco era aquele?

Ele tirou as peças tipográficas das mãos de Kanai. A criança resmungou, contrariada, e então rompeu em soluços sucessivos de pesar; nada nem ninguém podia consolá-lo.

A empregada veio correndo.

— O que houve, filho?

Kanai disse:

— Meu nome!

A mãe também veio:

— Kanai, por que está chorando?

Kanai choramingou:

— Meu nome!

A empregada colocou clandestinamente uma barra de chocolate em sua mão. Ele a atirou ao chão e gritou:

— Meu nome!

A mãe disse:

— Kanai, aqui está seu trenzinho.

Ele o empurrou e gritou:

— Meu nome!

O amigo voltou do teatro.

O tio correu à porta para cumprimentá-lo.

— Como foi?

O amigo respondeu:

— Não aceitaram a peça.

O tio ficou em silêncio por longos minutos e então disse:

— Eu a produzirei, mesmo que me custe o último centavo.

O amigo perguntou:

— Tem um jogo de futebol hoje. Quer ir?

Ele respondeu:

— Não, não me sinto muito bem.

À noite, sua mãe chegou e disse:

— A comida está esfriando.
Ele disse:
— Não estou com fome.
À noite, sua esposa perguntou:
— Por que não lê sua nova peça para mim?
Ele disse:
— Estou com dor de cabeça.
Seu sobrinho apareceu e disse:
— Devolva meu nome.
O tio estapeou seu rosto com dureza.

UM BREVE OLHAR

Enquanto entrava no carro, ela se voltou bruscamente e me presenteou com um último e breve olhar.

Onde, neste mundo grande e vasto, guardarei a lembrança desse instante?

Onde acharei um lugar que não seja continuamente esmagado pelo trânsito das horas, minutos e segundos?

O anoitecer apagará esse breve olhar como apaga todos os tons dourados das nuvens? A chuva, que lava o pólen brilhante das flores — lavará ela também esse momento?

Certamente não pode sobreviver entre as centenas de milhares de coisas esparramadas pelo mundo, encerrado no amontoado de milhares de conversas inúteis, perdido no amontoado de milhares de males. Aquele momento fugidio veio a mim como um presente que desafiou todas as circunstâncias para ser preservado. Vou resguardá-lo no ritmo ordenado da música harmoniosa. Vou mantê-lo seguro sob a proteção do esplendor.

Nesta terra, os reis ganham poder e os ricos ganham riqueza, apenas para perder tudo para a morte. Mas não existe um elixir de lágrimas capaz de manter vivo o brilho de um instante para sempre, por toda a eternidade?

A canção diz: "Por que você não me dá isso? Não me impressiona o poder do rei ou a riqueza do rico; mas essas pequeninas coisas são minhas eternas provisões; são as pequenas joias com as quais eu crio um colar para a eternidade".

DEZESSETE ANOS

Fazia dezessete anos que eu a conhecia. Indo e vindo, vendo um ao outro com frequência, significando tanto um para o outro — tantos sonhos, confabulações e histórias partilhadas. Às vezes um olhar sonolento, a visão de uma estrela se desvanecendo na manhã, ou o aroma de uma árvore na noite chuvosa, ou talvez os sinais de cansaço de Pilu Barwan, mais marcados durante as últimas horas de uma noite de primavera — tudo se encadeava no coração dela. E, em consonância com tudo isso, ela me chamava pelo meu nome. Aquele que respondia ao chamado não era a mesma pessoa. Era uma criação do "conhecimento" dela de dezessete anos; na diversão ou no aborrecimento, no trabalho ou no lazer, em público ou em particular, ele era formado pelo modo como ela o conheceu.

Desde então, mais dezessete anos se passaram.

Mas esses anos, suas noites e dias, não estão mais unidos estritamente àquele chamado; portanto, se dispersaram.

Todos os dias, eles vêm até mim e perguntam:

— Onde devemos viver? Quem vai nos chamar e nos manter juntos?

Eu não consigo responder e fico sentado em silêncio, perdido em pensamentos. E eles? Retiram-se, dizendo:

— Vamos continuar nossa busca.

— Busca de quem?

Eles não sabem. E assim flutuam para lá e para cá; como as nuvens voluntariosas ao anoitecer, eles afundam dentro da escuridão e desaparecem da minha visão.

PESAR INGRATO

Ela nos deixou ao amanhecer. Minha mente tentou me consolar: "A vida é apenas uma ilusão".

Perdi a calma: "Mas — essa caixa de costura na mesa, o vaso de flores na varanda, o leque na cama com o nome dela — tudo isso é real!".

A mente disse: "Mesmo assim, tente ver as coisas como são...".

Eu disse: "Ah, pare com isso. Olhe aquele romance ali. O grampo de cabelo dela continua no meio como um marcador de página. Ela não terminou de ler. Se isso também é uma ilusão, por que ela seria mais ilusória que o livro e o grampo?".

A mente ficou em silêncio.

Meu amigo disse:

— Tudo o que é bom é também imortal; nunca vai embora. O universo todo o leva no coração como se fosse uma pedra preciosa.

Enfurecido, exclamei:

— Como pode dizer isso? O corpo dela era algo ruim? Onde ele desapareceu, então?

Eu me voltei contra tudo o que era valioso para mim no mundo, tal como a criança que se volta contra a mãe. Eu disse:

— O mundo é um traidor!

De repente, fiquei perplexo — pensei ter ouvido alguém sussurrar: "Ingrato!".

Olhei pela janela e entrevi a lua cheia. Parecia o esconde-esconde de seus sorrisos. Das profundezas da escuridão salpicada de estrelas, sussurrou-se uma reprimenda: "Que você já me teve em seus braços é agora uma mentira, então? E, agora que não pode me ver, toma isso como a maior verdade?".

A RUA

Essa nossa rua estreita, sinuosa, que se torce e retorce, parecia ir em busca de algo. Mas, onde quer que entrasse, deparava-se com um obstáculo: uma casa aqui, um muro ali, outra casa adiante.

No alto, o máximo que conseguia ver era uma faixa estreita de céu azul.

— Diga-me, para qual cidade azul você leva? — perguntou para aquele pedaço de céu.

À tarde, viu o sol de relance, por um breve instante, e murmurou para si mesma:

— Isso não faz nenhum sentido para mim.

As nuvens de chuva suspensas entre as duas fileiras de casas ficaram mais espessas; parecia que alguém havia pegado um lápis e rabiscado o raio de sol que estava no caderno da rua, de modo a cobri-lo. A água da chuva escorria pelo pavimento e, como acompanhamento, os trovões rufavam como tambores. O caminho se tornou escorregadio, os guarda-chuvas dos pedestres colidiam uns nos outros, a água da chuva jorrava ruidosa dos telhados sobre eles.

Subjugada, a rua exclamou:

— Estava tudo completamente seco até agora. Por que, de repente, essa enchente furiosa? Que transtorno!

Veio a primavera, o vento sul saracoteava pela rua; poeira e pedaços de papel esvoaçavam para lá e para cá. Desorientada, a rua murmurou:

— Que delírio de um deus louco é esse?

A rua sabia que os montes de lixo que se acumulavam em sua margem todos os dias — as escamas de peixe, a fuligem das chaminés, as cascas de legumes e os eventuais ratos mortos — eram uma parte da realidade. Ela nunca se perguntava: "Por que essas coisas estão aqui?".

E, mesmo assim, quando o sol do outono brilhava pelas grades da varanda, quando tocavam a Raag Bhairavi na festa sazonal, ela imaginava por um momento que podia existir algo ali, algo maior do que pedras de pavimentação, algo além do reto e do estreito.

Enquanto isso, o dia se escoava; a luz do sol se derramava dos telhados como a aba de um sári cai dos ombros de uma dona de casa alvoroçada; o relógio bateu nove horas; a empregada retornou da feira com uma cesta de legumes. A rua ficou sufocada com a fumaça e o cheiro de muitas refeições. Os trabalhadores iniciaram suas tarefas.

Foi quando a rua se convenceu:

— A verdade está aqui, neste estreito e reto, entre as pedras da pavimentação. E o que eu imagino ser algo maior e superior, na verdade, não passa de um sonho elaborado.

A PERGUNTA

O pai chegou do crematório. O filho de sete anos — torso nu, com um amuleto de ouro pendente no peito — estava sozinho, perto da janela do andar de cima. Os pensamentos da criança não eram conhecidos, nem mesmo para ela.

O sol da manhã atingia o galho mais alto da árvore *neem* no quintal do vizinho; o homem que vendia mangas ia e vinha anunciando suas frutas.

O pai abraçou o filho. A criança perguntou:

— Onde está a mamãe?

O pai apontou para cima:

— No céu.

Naquela noite, o pai, mortificado por seu pesar e perda, gritou muitas vezes durante o sono.

A luz brilhou frouxamente à porta. Duas lagartixas deslizavam pelas paredes.

A porta do terraço estava aberta. A criança saiu e ficou ali.

Ao redor, as casas, com todas as luzes apagadas, pareciam sentinelas sombrias dormindo enquanto guardavam uma terra de males.

Nu, menino olhou para o céu. Seu coração tumultuado parecia perguntar para alguém:

— Como chegar ao céu?

O céu não respondeu. Apenas as lágrimas da noite silenciosa cintilavam nas estrelas.

O PRESENTE

O festival anual estava às portas. O depósito estava lotado com todos os tipos de presentes: tecidos de seda, adornos de ouro, vasos de cerâmica cheios de coalhada e doces variados.

A mãe estava mandando presentes para todos.

O filho mais velho era funcionário do governo em terras distantes; o segundo filho era um mercador que percorria o mundo; os outros filhos haviam se separado por desentendimentos sem importância e passaram a viver cada um em sua própria casa. Os parentes estavam todos espalhados pelo mundo.

O filho mais novo, um bebê, observava da porta a mãe encher bandejas e pratos com presentes, cobri-los com guardanapos coloridos e enviá-los por empregadas e servos.

O dia chegou ao fim. Todos os presentes haviam sido enviados. Os últimos raios de sol arrebataram os últimos presentes da bandeja de ouro e mergulharam nas estrelas.

A criança voltou para dentro de casa e disse à mãe:

— Mamã, você deu presentes para todos, mas não deu nada para mim!

A mãe riu.

— Dei todos os meus presentes; agora descubra o que foi deixado para você.

Ela o beijou na testa.

A criança disse com voz chorosa:

— Não vou ganhar presente?

— Você vai ganhar quando for para longe de mim.

— Mas quando estou perto de você não ganho nada de suas mãos?

A mãe estendeu os braços e o aconchegou em seu peito.

— Isto é tudo o que tenho em minhas mãos.

CÉU E TERRA

O CÉU ERRADO

O homem era, de fato, um vadio. Não tinha trabalho, mas tinha muitos divertimentos.

Ele passava argila em placas de madeira e decorava com conchas do mar. Vistas de longe, pareciam pinturas abstratas com um bando de pássaros, ou um campo acidentado com vacas pastando, ou talvez uma cadeia de montanhas — e seria aquilo uma corrente que descia a montanha ou uma trilha?

Seus amigos e familiares o repreendiam com palavras duras. Ele prometia nessas ocasiões abandonar a loucura, mas a loucura não o deixava.

Algumas crianças matam aulas o ano todo. Quando chega a época das provas, manejam a situação e por um golpe de sorte passam. Era a mesma coisa com esse homem.

Passou a vida toda sem fazer nada especificamente e, quando morreu, ficou sabendo que sua entrada no céu fora autorizada!

Mas o destino segue o homem mesmo a caminho do céu. O anjo em serviço leu errado a sua classificação e o enviou para o céu dos trabalhadores.

Esse céu tinha tudo, menos tempo a perder.

Ali, os homens diziam:

— Ah, espere um momento para tomarmos fôlego!

As mulheres diziam:

— Vejo você depois, tenho trabalho a fazer.

Todos diziam:

— O tempo é precioso.

Mas ninguém dizia:

— O tempo não tem preço.

Todos murmuravam:

— Esse é o limite — e se sentiam muito animados. O refrão geral era: trabalhar, trabalhar, trabalhar sem parar.

Aquela pobre alma, por mais que tentasse, não se adaptava àquele ambiente. Andava sonhador pelas ruas e atrapalhava as pessoas em serviço. Se estendesse seu tapete e sentasse para descansar um pouco, diziam-lhe que ele estava sentado na gleba onde estavam semeando. Ele tinha de sair dali e abrir caminho o tempo todo.

Uma jovem muito zelosa no trabalho ia pegar água no poço todos os dias.

Caminhava com passos regulares como a cadência de uma música executada na cítara.

Tinha o cabelo arranjado de improviso num coque. Alguns fios escapavam e caíam sobre a testa; pareciam espreitar seus olhos negros de azeviche.

O desocupado ficava à margem da estrada, tão quieto e imóvel quanto uma árvore gigantesca ao lado de uma torrente que se precipita da montanha.

A jovem sentiu pena dele, assim como a princesa sente pena do mendigo debaixo de sua janela.

— Pobre homem, você não tem trabalho para fazer?

O homem ocioso suspirou e disse:

— Mal tenho tempo para trabalhar.

A jovem o encarou, confusa. Perguntou:

— Gostaria de me ajudar a trabalhar?

Ele disse:

— Estou aqui só esperando para ajudá-la.

— Que trabalho devo dar a você?

— Se puder me dar um desses vasos que você usa para pegar água todos os dias...

— O que faria com o vaso? Pegaria água?

— Não, vou pintá-lo.

A menina se irritou.

— Não tenho tempo a perder. Vou embora.

Mas quem gosta de trabalhar nunca vence o ocioso. Todos os dias eles se encontravam na fonte e todos os dias ele dizia a mesma coisa:

— Dê-me um de seus vasos, posso pintá-lo.

Ela se deixou vencer. Deu-lhe o vaso.

Ele começou a desenhar linhas em torno do vaso, com variados traçados e cores.

Quando ele terminou, a jovem pegou o vaso e o examinou de todos os lados. Levantou as sobrancelhas e perguntou:

— Para que serve isto?

O homem desocupado disse:

— Para nada.

Ela levou o vaso pintado para casa. Sentou-se sozinha, longe de olhares curiosos. Virou o vaso de um lado e outro, examinou-o na luz e na penumbra, de todos os modos possíveis. À noite, ela se levantou escondida da cama, acendeu a luz e ficou examinando detidamente a pintura, sem saber como definir aquilo. Essa era a primeira ocasião em que se deparava com algo completamente destituído de sentido.

No dia seguinte, enquanto seguia em direção à fonte, seus pés moviam-se mais lentamente que o normal. Pareciam distraídos em seus passos, e pareciam querer parar e pensar — as intenções dos seus pés não faziam sentido.

O homem que fugia do trabalho, o desocupado, estava exatamente no mesmo lugar.

A jovem perguntou:

— O que você quer?

Ele disse:

— Quero mais trabalho.

— Que trabalho devo dar a você?

— Se me permitir, posso tecer com fios coloridos uma fita para seu cabelo.

— O que obterá com isso?

— Nada.

Ele teceu a fita com fios de cores variadas. A jovem passou a ficar mais tempo diante do espelho, arrumando os cabelos. Grande parte de seu trabalho ficava inacabado, com o sol da manhã já bem alto no céu.

Começaram a surgir intervalos aqui e ali na organização rígida do céu dos trabalhadores. Essas brechas passaram a ser preenchidas com lágrimas e melodia.

Os mais velhos ficaram muito preocupados. Convocaram uma reunião. Disseram:

— Em toda a história deste céu, nunca aconteceu algo semelhante.

O anjo que havia se enganado se apresentou e admitiu sua culpa:

— Eu trouxe o homem errado para o céu errado.

O ocioso foi chamado para a reunião. Bastou a sua presença: seu turbante e faixa exageradamente coloridos foram suficientes para convencer a todos do grave erro cometido.

O líder disse:

— Receio que você terá de voltar para a terra.

Ele pegou sua coleção de tintas, enfiou os pincéis no cinto e suspirou aliviado:

— Vou embora, então.

A jovem avançou um passo:

— Vou com você.

O sábio chefe ficou abalado. Pela primeira vez em sua vida via algo que não fazia o menor sentido!

O ADVENTO

Os arranjos estavam sendo providenciados. Nenhum momento vago para parar e pensar: arranjos para quê?

Ainda assim, em meio a toda a azáfama, eu conseguia investigar meu coração de vez em quando e perguntar: "Estamos esperando alguém?".

O coração dizia: "Oh, por favor! Preciso tomar posse da terra, reunir os materiais e começar a construir a mansão. Não me perturbe com perguntas tolas agora".

Contive a língua e voltei ao trabalho, dizendo a mim mesmo: "Terei a resposta depois de comprada a terra, provido o material, construída a mansão".

A terra foi comprada, o material empilhado e sete blocos da mansão foram construídos. Perguntei: "Vai responder a minha pergunta agora?"

O coração disse: "Espere, não tenho tempo agora".

Eu perguntei: "Mas por quê? Você precisa de mais terra, de mais espaço, de mais material de construção?

O coração disse: "É claro que sim".

Eu perguntei: “Isso não basta?”.

O coração disse: “Não há espaço suficiente”.

Eu perguntei: “Espaço para que, espaço para quem?”.

O coração disse: “Vou dizer mais tarde”.

Fiquei curioso: “Estamos esperando alguém colossal?”.

O coração respondeu: “Certamente”.

Alguém ou algo muito maior que nem mesmo um grande espaço podia acomodar. Comecei a trabalhar com vigor renovado. Parei de comer e dormir, e logo perdi a noção do tempo. Aqueles que me viam trabalhar davam tapinhas em minhas costas e diziam:

— Você trabalha duro mesmo!

De vez em quando, eu tinha uma leve desconfiança de que o diabinho do meu coração não tinha as respostas. Empenhava-se em me acumular de trabalho, para que eu me distraísse de minhas perguntas. Tinha às vezes ímpeto de parar de trabalhar, colocar meu ouvido no chão e esperar pelo som da aproximação de alguém. Em vez de continuar amontoando andares, queria iluminar as salas; em vez de carregar material de construção, queria, antes que ficasse escuro demais para colher flores, compor uma guirlanda de flores para dar as boas-vindas.

Mas não ousei, porque tinha de obedecer ao meu coração. Ele vigiava noite e dia com balanças e metragens, pesando e medindo tudo em toneladas e metros. Ele continuava dizendo: “Mais, mais, precisamos de mais”.

— Por que precisamos de mais?

— Porque ele é muito maior do que isso.

— Quem é tão importante?

Mas não houve resposta.

Se eu exigisse a verdade e dissesse: "Você não pode se esquivar dessas perguntas, tem de me dar uma resposta", o coração reagia: "E por que eu *tenho* de lhe dar uma resposta? É você que está sempre fugindo do trabalho, exigindo saber o que não pode ser conhecido, o que ainda é um mistério para mim, o que não faz sentido! Veja quanta tarefa tenho em mãos: tantos assuntos legais, tantas batalhas, armas e adagas, soldados e mercenários de todos os lados — artesãos e trabalhadores, tijolos, madeira e cimento espalhados por toda parte. Tudo isso é claro e tangível. Nada de suposições nem especulações. Por que insiste em querer ir além e fazer mais perguntas?".

Enquanto escutava, eu considerei: "O coração é o sábio e eu, o tolo".

Recomecei a carregar tijolos em minha caçamba e a fazer argamassa.

O tempo passou. Comprei terras por toda parte, tantas quanto a vista alcançasse. A mansão tinha cinco andares concluídos e o sexto estava a caminho. Nessa fase, um dia, as nuvens de chuva ocuparam o céu, nuvens brancas e fofas pegaram o lugar delas no céu, uma brisa fria soprou das montanhas com a alegre e relaxante melodia de Raga Bhairav. Os minutos e os segundos dos dias e noites se tornaram agitados como as abelhas enlouquecidas com o aroma da flor de lótus. Eu olhei para cima e encontrei o céu todo sorridente para mim e para os seis andares de minha mansão altivamente ereta.

Eu estava distraído; perguntava a todos que passavam por mim:

— Ei, você aí, pode me dizer em qual teatro essa orquestra toca esta noite?

Eles diziam:

— Oh, saia, estamos muito ocupados.

Um louco estava encostado ao tronco de uma árvore na beira da estrada; tinha uma coroa de flores aromáticas na cabeça. Ele disse:

— É a canção do advento.

Eu não sabia o que pensar disso, mas proferi, debulhado em lágrimas:

— Oh, então está quase na hora!

Ele riu e disse:

— Sim, quase.

Corri para a tesouraria e disse ao coração:

— Deixe tudo o que estiver fazendo agora.

O coração respondeu:

— O que é isso? Todos vão nos chamar de preguiçosos!

Eu disse:

— Que chamem!

O coração perguntou:

— O que há com você? Escutou alguma coisa?

Eu disse:

— Sim, tenho novidades.

— Que novidades?

Eu não tinha uma resposta clara para dar. Mas eu *tinha* novidades. Bandos de cisnes, vindos de Manas Sarovar, voavam seguindo o facho da luz.

O coração balançou a cabeça.

— Onde estão o mastro da poderosa carruagem e a grande procissão? Não consigo ver nem ouvir nada!

Enquanto ele falava, alguém bateu a varinha de condão para o céu e tudo ao redor se tingiu de luz dourada. De repente veio um grito no ar:

— O mensageiro está aqui.

Eu fiz uma reverência e perguntei sobre o mensageiro:

— Ele está vindo?

A resposta veio de todos os pontos ao redor de mim:

— Sim, ele está vindo.

O coração acelerou.

— Oh, meu Deus! Apenas começamos o sexto andar e todo o material ainda está para chegar.

A resposta veio:

— Desmanche, derrube, ponha abaixo sua mansão de seis andares.

Desnorteado, o coração perguntou:

— Mas por quê?

A voz respondeu:

— Hoje é dia do Advento, e sua mansão, firme em sua arrogância, está bloqueando o caminho.

O coração emudeceu, aturdido.

Mais uma vez a voz disse:

— Retire seu material de construção.

O coração perguntou:

— Mas por quê?

— Porque eles estão atravancando o caminho.

Eu havia passado meus dias de trabalho empilhando andar sobre andar, até subir seis andares; nesse dia de folga, tive de derrubar todos eles, um por um. Todo o material de construção que havia sido empilhado tão meticulosamente teve de ser retirado todo de uma vez. Não que isso importasse. Mas onde *estavam* o mastro da poderosa carruagem e a grandiosa procissão?

O coração olhou ao redor.

O que ele viu?

A estrela da manhã no céu de outono.

Isso era tudo?

Sim, era tudo. E ali havia os jardins de *shefali*[9] carregados de flores.

Isso era tudo?

Sim, era tudo. Também entreviu uma pega-rabilonga[10] balançando a cauda ao amanhecer.

E?

---

[9] Flor oficial na Índia, no estado de Bengala Ocidental e na província de Kanchanaburi, na Tailândia. Suas flores abrem-se ao pôr do sol e caem ao amanhecer como o *cestrum nocturnum*. Chamada *shefali* no Nepal, Paquistão e Índia. Nome científico: *Nyctanthes arbor-tristis*. (N. T.)

[10] Ave de tamanho médio e cauda longa, pertencente à família dos corvídeos, de cor negra e branca, com cauda de tons verde-azulados. O habitat dessa espécie compreende áreas agrícolas do noroeste africano, Europa, Ásia e oeste da América do Norte. (N. T.)

E uma criança — ela riu de alegria, fugiu dos braços da mãe e correu para fora, para a luz da manhã.

— Mas você disse que era o Advento... Foi tudo por isso?

— Sim, isso é o que ilumina o céu ao amanhecer e irradia música no ar.

— E é isso o que precisa de tanto espaço?

— Oh, sim, um prédio de sete andares para seu rei, salas repletas de objetos para seu senhor e mestre e, para estes, o céu todo, o mundo todo!

— Mas e o colossal e o grandioso?

— O poderoso e o magnificente residem no insignificante.

— Com o que essa criança pode abençoá-lo?

— Ela possui as bênçãos do Criador; ela vem com as esperanças e as alegrias do mundo todo. Ela carrega a arma secreta em sua aljava oculta; em seu coração oculta-se o golpe mortal.

O coração me perguntou:

— Oh, poeta, consegue entender tudo isso? Faz sentido para você?

Eu disse:

— Por isso tive de interromper meu trabalho. Em todos esses dias, como não tinha tempo para ver, não consegui perceber nada e nada fazia sentido para mim!

O CAVALO

Brahma, o Criador, estava quase terminando de criar o universo; o gongo estava para soar o fim do dia de trabalho. De repente, ele teve uma ideia.

Chamou seu administrador e disse:

— Administrador, traga um pouco dos cinco elementos vitais de meu estoque: um pouquinho de terra, água, ar, fogo e céu. Quero criar uma nova criatura.

O administrador juntou as mãos e curvou-se em reverência:

— Oh, Senhor do Universo, o senhor não fez reserva de suprimentos quando criou com tanta perfeição o elefante, a baleia, a serpente, o tigre e o leão. Todos os elementos fortes e pesados estão quase no fim. Terra, água e fogo se reduziram às últimas porções. Mas temos ar e espaço em profusão.

O deus de quatro cabeças afagou os quatro bigodes por algum tempo e disse:

— Muito bem, traga-me tudo o que está disponível. Verei o que posso fazer.

Dessa vez, Brahma usou com moderação terra, água e fogo para criar o novo animal. Ele não deu chifres nem garras à criatura; os dentes eram apenas para mastigar e não para morder. Usou um pouco de fogo para que a criatura estivesse apta a certas tarefas no campo de batalha; mas, por si mesma, a criatura não tinha nenhuma vontade de lutar. E deu ao animal o nome de cavalo.

Mais que tudo, o Criador insuflou na criatura ar e espaço. O resultado foi que a alma da criatura ansiava apenas pela liberdade. Queria correr mais que o vento e jurou saltar pelos céus infinitos. Todas as outras criaturas correm quando existe causa para correr; mas aquela corria sem motivo, como se desejasse ardentemente fugir de si mesma. Não atacava, não fustigava — só queria correr desenfreada. Sua meta era correr com ardor, até que alcançasse um estado de transe, absorto no próprio movimento, e finalmente fugisse completamente de si mesma. Os sábios dizem que essa é a consequência de uma natureza insuflada de muito ar e espaço, contrariamente a outros elementos, como terra, fogo e água.

Brahma ficou encantado. Ele tinha dado florestas e cavernas às outras criaturas para seus lares. Como ele adorava ver o cavalo correr, deu-lhe os campos abertos para viver.

Perto desses campos vivia o homem. Ele juntava, prendia e se apossava de tudo. Quando viu o cavalo correndo nos campos, pensou: "Quem me dera pudesse dominar de alguma forma essa criatura, seria de grande utilidade nos dias de feira".

Um dia ele laçou e capturou o cavalo. Jogou-lhe uma sela no lombo e enfiou-lhe rédeas na boca. Atiçou-o com o chicote e cutucou suas costelas com esporas. Poliu, lustrou e tratou tão bem o cavalo que ele ficou vistoso.

Solto nos campos, o cavalo podia correr livremente. Por isso, o encerraram dentro de paredes. O tigre tinha as florestas e vivia sossegado em seus domínios; o leão tinha as cavernas e ninguém o tirava de lá. Mas o cavalo, que antes tivera os campos, agora estava preso no estábulo. O ar e o espaço impeliam o animal para a liberdade, mas não podiam protegê-lo do cativeiro.

As amarras esgotaram sua capacidade de suportar, e o cavalo começou a dar coices. Mas os cascos do animal ficaram mais lacerados que as paredes, prejudicadas apenas por alguns danos na argamassa e na pintura um pouco esfolada.

O homem ficou enfurecido. Ele disse:

— É uma ingratidão completa. Damos grãos e aveia, contratamos cavalariços com salários altos e, mesmo assim, essa criatura não ficou mansa!

Para conseguir domar o cavalo, os cavalariços aplicaram o chicote com dureza, e logo o animal desistiu de escoicear e corcovear. O homem começou a alardear diante de seus vizinhos:

— Esse animal é o mais leal de todos.

Eles responderam com mais elogios:

— Verdade! E tão impassível como um tanque de água parada. É agradável como o seu dono.

Em primeiro lugar, o cavalo não tinha chifres, nem garras ou presas. E agora não podia nem mesmo dar coices nas paredes. Mas precisava desafogar suas emoções. Então ergueu a cabeça para o céu e começou a relinchar ruidosamente. O sono do dono foi perturbado e os vizinhos perceberam que aquele relincho não era de modo algum uma manifestação de satisfação e contentamento. Por essa razão, muitos instrumentos foram criados para fazê-lo calar-se. Mas, a menos que se obstrua a própria respiração, a boca não se cala para sempre. Assim, um relincho abafado ressoava de vez em quando.

Um dia, o relincho chegou aos ouvidos de Brahma. Ele parou de meditar, abriu os olhos e olhou para os campos da terra. Mas não viu sinal do cavalo ali.

Brahma chamou Yama, o Senhor da Morte, e disse:

— Isso deve ser obra sua! Você levou meu cavalo.

Yama disse:

— Oh, Criador! Por que tem de suspeitar sempre de mim? Em vez disso, repare nas casas do homem!

Brahma reparou: viu um espaço minúsculo cercado com quatro paredes. No centro, estava o pobre cavalo suspirando relinchos abafados.

Brahma ficou perturbado. Chamou o homem e disse:

— Se não libertar essa criatura minha, vou dar a ela presas e garras como as do tigre e ela não terá mais utilidade para você.

O homem disse:

— Oh, não, não, isso apenas atrairá mais violência. Mas, ó Senhor, devo dizer que esse animal não merece a liberdade! Eu construí aquele estábulo, com grandes custos para mim, pelo bem da criatura. É um estábulo muito confortável.

Brahma estava decidido:

— Você tem de deixá-lo livre.

O homem disse:

— Certo, vou libertá-lo... mas apenas por sete dias. Estou disposto a apostar minha cabeça que no fim de sete dias o senhor concordará que o estábulo é melhor do que os campos.

O esperto soltou o cavalo, mas primeiro atou as duas patas da frente com uma corda grossa. Com isso, o cavalo caminhava trôpego, mais desajeitado que um sapo.

Brahma vivia no céu, muito longe da terra; ele conseguiu ver o andar desajeitado do cavalo, mas não a corda amarrada em suas patas. Notando o andar ridículo que ele criou na sua criatura, Brahma corou de vergonha e disse:

— Cometi um erro!

O homem juntou as mãos diante dele e perguntou:

— Agora, o que gostaria de fazer com essa criatura? Se houver pastos no céu, talvez possamos mandá-lo para lá!

Brahma ficou desesperado:

— Vai, vai embora e leve-o de volta para seu estábulo!

O homem disse:

— Senhor da eternidade, é um fardo muito pesado que coloca sobre a humanidade.

Brahma disse:

— Sim, mas é isso o que torna o homem um animal nobre.

O ESPECTRO DO MESTRE

Quando o mestre estava em seu leito de morte, todos exclamaram:

— O que será de nós, se o senhor partir?

O velho homem entristeceu-se. Pensou: "Quando eu me for, quem vai conseguir mantê-los sossegados?".

Mas a morte não pode ser tolhida. Os deuses, no entanto, tiveram piedade e disseram:

— Não se preocupem! Deixem esse homem ser um espectro e guiá-los: os homens morrem, mas os fantasmas, não.

Todos ficaram muito aliviados. O espectro do mestre cuidaria de tudo.

Todas as nossas preocupações se prendem ao futuro. Ninguém se preocupa com o passado — e é nisso que um fantasma consiste. Um fantasma pode levar um grande fardo nos ombros. Ele não tem nem mesmo uma cabeça sobre os ombros; portanto, não pode ter dor de cabeça!

Mas, toda vez que as pessoas, por força do hábito, tentavam pensar por si mesmas, o espectro lhes dava um tabefe. Era impossível escapar de seu alcance, ou fugir dele; nenhuma queixa contra ele podia ser apresentada, nem podiam submetê-lo a julgamento.

As pessoas eram assombradas porque andavam de olhos fechados. Os sábios diziam:

— Esse andar cego é a forma mais primitiva de movimento. Isso é caminhar de mãos dadas com o Destino. Os primeiros organismos cegos do mundo se moviam desse modo; até hoje vemos essa forma de movimento na relva, entre as árvores.

Com isso, a terra assombrada percebeu sua linhagem primordial aristocrática e sentiu-se muito satisfeita consigo mesma.

O assistente do espectro era o carcereiro da prisão assombrada. As paredes dessa prisão eram invisíveis aos olhos. Portanto, era impossível abrir um buraco na parede para escapar.

A prensa de extração de óleo, que precisava ficar incessantemente em operação naquela prisão, nunca produzia quantidade de óleo suficiente para ser vendida no mercado, mas sugava o espírito das pessoas. Drenado o espírito, as pessoas se tornavam submissas. Isso assegurava que na terra assombrada, apesar da escassez de alimentos, roupas e saúde, a paz continuasse reinando.

Em outras terras as pessoas perdiam a paciência e procuravam exorcistas, quando os espectros se tornavam obsedantes demais. Mas ali não havia esse furor: o próprio exorcista era um possuído!

Os dias teriam passado assim, e nunca um indivíduo se veria preocupado com a autocracia espectral. As pessoas poderiam ter se vangloriado a vida toda, dizendo que o salvador de seu futuro estava amarrado ao pilar de seu passado fantasmagórico; era um futuro que nunca gritava em protesto, simplesmente ficava ali, como se tivesse sido amoldado à própria terra.

Mas havia um segundo entrave: as outras comunidades da terra não eram assombradas. Em vez de oprimir as pessoas para oferecer um passado espectral, as prensas de extração de óleo produziam incessantemente o combustível que move as rodas propulsoras do futuro. Os homens dessas comunidades não eram completamente submissos; eram intensamente vigilantes.

Enquanto isso, em todos os lugares da terra assombrada, as pessoas embalavam em paz e harmonia seus filhos com canções de ninar.

Isso era bom para os bebês, como também para os pais e, naturalmente, para a vizinhança em geral.

Mas o vento sopra, o galho se quebra e a estrutura desaba.

Caso contrário, a canção não terminaria; o poema da história permaneceria inacabado.

Perguntaram a todos os homens sábios da terra:

— Por que isso aconteceu?

Eles balançaram a cabeça e responderam:

— Não é culpa do espectro, nem da terra assombrada... a culpa é do vento. Por que ele tem de soprar?

Todos concordaram.

— Claro, claro, é isso mesmo.

Eles se sentiram confortados com essa ideia.

Mas, independentemente de quem fosse a culpa, o feitiço foi desfeito. Agora, os oficiais do espectro espreitavam todas as frestas e recessos das casas, e os oficiais dos não assombrados marchavam duro nas ruas. O chefe de família dificilmente podia permanecer em casa e mal podia sair às ruas. Da esquerda, eles gritavam:

— Paguem o que devem!

E da direita:

— Paguem o que devem!

Mas vinha a pergunta:

— De que maneira podemos pagar o que devemos?

Em todos aqueles dias o vento soprou do norte, do sul, do leste e do oeste, carregando toneladas de grãos — ninguém se preocupou com isso. Nunca tinham sido amigáveis com os materialistas para que não tivessem de pagar por isso. Mas aqueles que possuíam recursos materiais se aproximaram de repente das pessoas da terra, e também nunca pagaram nada por isso. O bando de especialistas consultou seus livros e disse:

— Os bobos são puros e os espertos são os decaídos. Por isso, fiquem longe dos astutos.

Todos ficaram contentes com isso.

Mas isso não respondia à pergunta:

— Como podemos pagar o que devemos?

A resposta foi lançada do crematório pelo vento.

— Com sua castidade, seu orgulho, honra e sangue.

O problema das perguntas é que elas nunca chegam sozinhas; veio em seguida outra pergunta:

— O reino do espectro durará por toda a eternidade?

Com isso, os cantores de canções de ninar e seus primos de primeiro e segundo graus disseram, boquiabertos de espanto:

— Oh, meu Deus! Que pergunta! De onde tiraremos nosso descanso, se o espectro partir? Aquele descanso que temos desde tempos antiquíssimos, aquele sono primordial, mais antigo do que a vigília?

Quem fez a pergunta acrescentou:

— Isso tudo é ótimo, mas o que faremos em relação a este vento incômodo?

Os idosos disseram:

— Cantaremos canções de ninar ao vento.

Os impertinentes perderam a paciência e disseram:

— Vamos nos livrar do espectro de algum modo.

O oficial do espectro olhou fixamente para eles e disse:

— Quietos! A prensa de extração de óleo ainda está funcionando!

Com isso, os bebês ficaram muito calmos, viraram de lado e dormiram.

A questão central era que o mestre não estava vivo nem morto — ele era um espectro. Não podia mudar nada na comunidade, mas também não ia embora.

Algumas pessoas que não ousaram falar durante o dia, por medo dos oficiais, juntaram as mãos e suplicaram secretamente à noite:

— Mestre, já não é tempo de nos deixar?

O mestre disse:

— Tolos! Não posso reter nada nem deixar nada. Partirei se vocês deixarem.

Eles disseram:

— Mas estamos com medo, mestre.

O espectro disse:

— Eis onde eu moro!

CÉU E TERRA

Indra: Oh, Brhaspati, reverenciado mestre dos deuses, uma vez quase perdemos o Céu para os demônios. Naquela época, deuses e homens lutaram lado a lado e recuperamos o Céu. Mas hoje a crise é bem maior — e precisamos de seu conselho.

Brhaspati: Oh, rei, não sei se compreendo bem o que diz — que perigo teme?

Indra: O Céu não existe.

Brhaspati: Não existe! O quê? Então... onde estamos vivendo agora?

Indra: Estamos vivendo aqui por hábito; não percebemos nem mesmo quando o Céu se desvaneceu nas sombras e desapareceu completamente.

Kartikeya: Mas por que, ó rei dos deuses, o senhor diz isso? Todas as tradições do Céu, todos os costumes ainda permanecem, ocupam exatamente o lugar onde devem ficar.

Indra: Os costumes aumentam todos os dias, como a glória do sol que se põe, para além do qual está a escuridão. Como sabe, ó imperador dos deuses, o Céu não conhece mais o medo, isso porque ele é totalmente falso. Quanto tempo faz que os demônios atacaram o Céu pela última vez? Não há nada para atacar agora! Mesmo no tempo em que o Céu foi brevemente roubado de nós, ele ainda existia; mas desde que...

Kartikeya: Acho que entendo o que está tentando dizer.

Brhaspati: As palavras de Indra fazem que eu me sinta como se tivesse acabado de sair de um transe — e você nota que estava sonhando apenas quando acorda do sono. Mas meu transe ainda está turvando minha visão.

Kartikeya: Devo dizer como me sinto? Existem flechas na aljava, eu suporto o peso da aljava, minha mente está fixa nela e eu acho que — tudo está bem. Mas, de repente, alguém sussurra em meu ouvido e diz: "olhe ao seu redor". Eu olho e noto que, embora eu tenha as flechas, não há nenhum alvo para dispará-las. O Céu perdeu o foco, perdeu seu ser.

Brhaspati: Mas precisamos entender por que isso aconteceu.

Indra: Aconteceu porque o Céu perdeu sua conexão com o solo que dava água para as plantas crescerem e florescerem.

Brhaspati: A que você se refere como "o solo"?

Indra: A Terra. Espero que se lembre do tempo em que o homem veio até o Céu para lutar em favor dos deuses e retribuímos com igual cortesia. Naqueles tempos, o Céu e a Terra eram ambos verdadeiros, eram reais — por essa razão chamamos essa era de Satya Yuga, a Idade da Verdade. Se o liame com a Terra for rompido, como o Céu poderá subsistir sozinho, nutrindo-se de seu próprio elixir?

Kartikeya: Oh, rei dos deuses! A Terra também está em crise! O homem se tornou tão limitado que não mais acredita na própria espiritualidade — a matéria é tudo em que ele confia. Conflitos surgem em toda parte por coisas materiais. Rompeu-se o seu liame com o Céu e por isso a alma humana tornou-se incapaz de romper a matéria e elevar-se até a luz.

Brhaspati: Qual é a saída então?

Indra: Precisamos restabelecer os laços entre o Céu e a Terra.

Brhaspati: Mas o caminho que os deuses tinham para descer à Terra esteve em desuso por tanto tempo que já não deve existir. Na verdade, pensei que fosse pelo bem — imaginei que então ficaria comprovado que o Céu é neutro, independente e autossuficiente.

Indra: Essa já foi a crença universal. Mas agora ficou evidente que o Céu se mantém pelo amor da Terra; sem a Terra o Céu vai definhar. Ignoramos isso — tão vaidosos fomos da importância de nosso elixir da imortalidade. Por essa razão, perdemos todos os vestígios do caminho que os deuses tinham para descer à Terra.

Kartikeya: Desde que os demônios nos atacaram, ficamos seguros de que o Céu estava bem protegido. Daquele dia em diante, a riqueza do Céu tem se acumulado aqui ordenadamente — nunca foi utilizada fora daqui nem desperdiçada com ninguém mais. A falta de intrusão por muitas eras fez o Céu progredir a tal ponto que se tornou distinto de tudo o mais no universo. Por essa razão, o Céu hoje está completamente sozinho.

Indra: Seja progresso ou retrocesso, se algo requer isolamento do que nos cerca, isso só pode decorrer da futilidade. O grande perde seu impacto quando se afasta do pequeno, e isso apenas serve para acumular peso em si. Hoje, o fogo do Céu se afastou da luz da lamparina apenas para se tornar um engodo, uma fagulha ilusória. Por ter se colocado fora do alcance da humanidade, o Céu se tornou inacessível até para si mesmo. É uma sentença mais severa do que a extinção. Para preservar sua santidade, aprisionamos o Céu dentro de altos muros de proteção; apenas se esses muros forem derrubados e nosso poder ficar livre para fluir como o Ganges pela Terra esquálida, o Céu se libertará dessas correntes. Hoje, meu coração está ansioso para destruir essa muralha de separação. Não permitirei que o Céu se desmorone pelo isolamento, ó Brhaspati: precisamos permitir que ele se una aos sórdidos, aos caídos, aos ignorantes e aos atormentados.

Brhaspati: Qual é o seu plano?

Indra: Ir à Terra.

Brhaspati: Mas o caminho desapareceu. Essa é a triste realidade.

Indra: Não posso mais ir à Terra como um deus; preciso nascer como ser humano. Assim como o meteoro cai do céu — extinguindo sua luz celestial para envolver a Terra —, devo ir, deixando meu eu celestial para trás.

Brhaspati: Mas agora é possível que não tenha restado nenhuma dinastia na Terra em que você possa nascer!

Kartikeya: O mercador agora é o rei — a casta dos guerreiros é agora o exército a serviço do mercador, e a casta dos letrados é agora os escravos do mercador e seu dinheiro.

Indra: Não tenho o poder para escolher onde vou nascer — devo ocupar meu lugar em qualquer parte para onde seja atraído, como um ímã.

Brhaspati: Mas a lembrança de que você é Indra, como você...?

Indra: Só posso viver como ser humano na Terra se apagar essas lembranças.

Kartikeya: Durante todo esse tempo eu me esqueci da Terra. Agora, suas palavras esclareceram minha mente, antes desnorteada. Aquela Terra frágil e escura deve estar sempre fitando o céu intensamente, acompanhando a rota do sol do nascente ao poente! Seria uma grande alegria tranquilizá-la. É uma grande honra confirmar suas esperanças! Como aquela beleza — trajada de azul intenso e coroada com seu diadema opalescente — esqueceu que ela era rainha? É preciso fazê-la lembrar-se uma vez mais de que ela é a resposta para as preces de Deus, de que ela é a eterna amada dos céus.

Indra: Desejo ir para a Terra e sussurrar estas palavras ao vento sul: seu afastamento roubou o sabor do néctar celeste e o florescer de sua glória — os seus oceanos não são mais do que lágrimas do Céu; eles perpetuam a agonia de nossa separação da Terra.

Kartikeya: Oh, rei dos deuses! Se consentir, gostaríamos de ir para a Terra com você.

Brhaspati: Quero testemunhar a luz imortal por trás dos véus da mortalidade.

Kartikeya: Por que deveríamos nos privar da diversidade opulenta que a deusa Lakshmi entreviu em sua morada terrestre? Posso ver claramente que a Terra precisa de mim; minha ausência está fazendo o homem travar guerras por motivos egoístas, e não para preservar a ética e a verdade.

Brhaspati: E minha ausência está fazendo o homem buscar conhecimento apenas por sua utilidade material e não para sua salvação.

Indra: Vou e providenciarei os meios para vocês me seguirem depois. Na hora oportuna vocês poderão descer para a Terra, como frutas maduras que caem impelidas pelo próprio peso. Mas esperem até o momento chegar.

Kartikeya: E quando saberemos que teve êxito em sua missão?

Brhaspati: Oh, isso não poderá ficar oculto! No instante em que aquelas conchas soarem triunfantemente...

Indra: Oh, não, mestre dos deuses, não haverá o ressoar triunfante das conchas; mas quando os olhos do Céu transbordarem com lágrimas de compaixão, vocês saberão que meu nascimento deixou sua marca.

Kartikeya: E até lá talvez nem saibamos onde, no meio do pó, você estará oculto?

Brhaspati: O encanto da Terra está nesse esconde-esconde. A riqueza aparece na forma da pobreza, o poder é nutrido no colo dos que não têm poder, e o valor firma seu alicerce sob o solo da derrota. Os abrigos possíveis no âmago do impossível. Na Terra, se você acredita no tangível, você erra; você deve pôr sua fé eternamente no que não é palpável.

Kartikeya: Mas, ó rei dos deuses, por que hoje sua auréola esmoreceu?

Brhaspati: Deixe a glória de sua descida próxima começar a brilhar desde já.

Indra: Oh, mestre dos deuses, consigo sentir as dores do nascimento humano mesmo agora, enquanto falo. Hoje comecei a flertar com o tormento — a dor me arrasta para ele. As alegrias do Céu ficaram separadas da angústia da Terra. O tormento dessa separação tem se intensificado em meu coração. Vou agora acolher com alegria esse tormento em minha vida. Deixarei a dor triunfante com o néctar do amor. Por favor, desejem-me sorte.

Kartikeya: Oh, rei, abra-nos o caminho para que possamos nos unir ao senhor. Deixe que o Céu inicie hoje sua jornada à procura do sofrimento.

Brhaspati: Oh, rei dos deuses, ficaremos à espera do caminho; mostre-nos o meio de sair do Céu, ou estaremos condenados.

Kartikeya: Liberte-nos, senhor, dos obstáculos — construa nosso caminho através do âmago da morte.

Brhaspati: O senhor é o rei do universo, ponha fim à autocontemplação do Céu e nos faça saber, com palavras claras, que ele pertence à Terra.

Kartikeya: O senhor sempre fez retroceder aqueles que tentaram sair da Terra em busca do Céu. Hoje é imperativo conduzir o Céu pelo caminho que leva à Terra.

Indra: Aquele caminho da liberdade através dos obstáculos...

Brhaspati: A liberdade que combate todos os obstáculos do caminho, alegre em sua natureza visionária.

Seleção e apresentação: Antonio Daniel Abreu.
Título original: *The Prince and other Modern Fables.*

Direção
MARTIN CLARET

Produção editorial
CAROLINA MARANI LIMA / FLÁVIA P. SILVA / MARCELO MAIA TORRES

Projeto gráfico e diagramação
GABRIELE CALDAS FERNANDES / GIOVANA GATTI LEONARDO

Direção de arte e capa
JOSÉ DUARTE T. DE CASTRO

Tradução
VILMA MARIA DA SILVA

Revisão
PEDRO BARALDI

Impressão e acabamento
PAULUS GRÁFICA

A ORTOGRAFIA DESTE LIVRO FOI ATUALIZADA SEGUNDO O ACORDO ORTOGRÁFICO DA LÍNGUA PORTUGUESA DE 1990, QUE PASSOU A VIGORAR EM 2009.

Dados Internacionais de Catalogação na Publicação (CIP)
(Câmara Brasileira do Livro, SP, Brasil)

Tagore, Rabindranath, 1861-1941.
O príncipe e outras fábulas modernas / Rabindranath Tagore; tradução Vilma Maria da Silva. — 1. ed. — São Paulo: Martin Claret, 2013. — (Coleção contos; 6)

"Texto integral"
ISBN 978-85-7232-973-6

1. Ficção bengali I. Título. II. Série.

13-08537 CDD-891.441

Índices para catálogo sistemático:
1. Ficção: Literatura bengali 891.441

EDITORA MARTIN CLARET LTDA.
Rua Alegrete, 62 — Bairro Sumaré — CEP: 01254-010 — São Paulo — SP
Tel.: (11) 3672-8144 — Fax: (11) 3673-7146
www.martinclaret.com.br / editorial@martinclaret.com.br
Impresso - 2013